시는 내가 홀로 있는 방식

세계시인선

24

시는 내가 홀로 있는 방식

페르난두 페소아

김한민 옮김

POEMAS ESCOLHIDOS I
Fernando Pessoa

차례

1부

알베르투 카에이루 ALBERTO CAEIRO

O GUARDADOR DE REBANHOS

ALBERTO CAEIRO

I

Eu nunca guardei rebanhos,
Mas é como se os guardasse.
Minha alma é como um pastor,
Conhece o vento e o sol
E anda pela mão das Estações
A seguir e a olhar.
Toda a paz da Natureza sem gente
Vem sentar-se a meu lado.
Mas eu fico triste como um pôr de sol
Para a nossa imaginação,
Quando esfria no fundo da planície
E se sente a noite entrada
Como uma borboleta pela janela.

Mas a minha tristeza é sossego
Porque é natural e justa
E é o que deve estar na alma
Quando já pensa que existe
E as mãos colhem flores sem ela dar por isso.

Como um ruído de chocalhos

양 떼를 지키는 사람

알베르투 카에이루

I

나는 한 번도 양을 쳐 본 적 없지만,
쳐 본 것이나 다름없다.
내 영혼은 목동과도 같아서,
바람과 태양을 알고
계절들과 손잡고 다닌다
따라가고 또 바라보러.
인적 없는 자연의 모든 평온함이
내 곁에 다가와 앉는다.
하지만 나는 슬퍼진다
우리 상상 속 저녁노을처럼,
벌판 깊숙이 한기가 퍼질 때
그리고 창문으로 날아드는 나비처럼
밤이 오는 걸 느낄 때.

그러나 내 슬픔은 고요하다
그건 자연스럽고 지당하니까
그건 존재를 자각할 때
영혼에 있어야 하는 거니까
그리고 두 손은 무심코 꽃을 딴다.

굽은 길 저 너머 들려오는

Para além da curva da estrada,
Os meus pensamentos são contentes.
Só tenho pena de saber que eles são contentes,
Porque, se o não soubesse,
Em vez de serem contentes e tristes,
Seriam alegres e contentes.

Pensar incomoda como andar à chuva
Quando o vento cresce e parece que chove mais.

Não tenho ambições nem desejos.
Ser poeta não é uma ambição minha.
É a minha maneira de estar sozinho.

E se desejo às vezes,
Por imaginar, ser cordeirinho
(Ou ser o rebanho todo
Para andar espalhado por toda a encosta
A ser muita cousa feliz ao mesmo tempo),
É só porque sinto o que escrevo ao pôr do sol,
Ou quando uma nuvem passa a mão por cima da luz
E corre um silêncio pela erva fora.

목에 달린 방울 소리처럼,
내 생각들은 기뻐한다.
유일하게 안타까운 것이 있다면, 기쁘다는 걸 아는 것,
왜냐하면, 몰랐더라면,
기쁘고 슬픈 대신
즐겁고 기뻤을 텐데.

생각한다는 건
바람이 세지고, 비가 더 내릴 것 같을 때
비 맞고 다니는 일처럼 번거로운 것.

내게는 야망도 욕망도 없다.
시인이 되는 건 나의 야망이 아니다.
그건 내가 홀로 있는 방식.

그리고 이따금 상상 속에서,
내가 어린 양이 되기를 소망한다면,
(또는 양 떼 전체가 되어
언덕배기에 온통 흩어져
동시에 수많은 행복한 것들이 된다면)
그 이유는 단지 내가 쓰고 있는 그것을 느끼기 때문이다,
해 질 무렵, 혹은 햇빛 위로 구름이 손길을 스치며
초원에 적막이 흐를 때.

Quando me sento a escrever versos
Ou, passeando pelos caminhos ou pelos atalhos,
Escrevo versos num papel que está no meu pensamento,
Sinto um cajado nas mãos
E vejo um recorte de mim
No cimo dum outeiro,
Olhando para o meu rebanho e vendo as minhas ideias
Ou olhando para as minhas ideias e vendo o meu rebanho,
E sorrindo vagamente como quem não compreende o que se diz
E quer fingir que compreende.

Saúdo todos os que me lerem,
Tirando-lhes o chapéu largo
Quando me vêem à minha porta
Mal a diligência levanta no cimo do outeiro.
Saúdo-os e desejo-lhes sol,
E chuva, quando a chuva é precisa,
E que as suas casas tenham
Ao pé duma janela aberta
Uma cadeira predilecta
Onde se sentem, lendo os meus versos.
E ao lerem os meus versos pensem

내가 시를 쓰려고 앉을 때나,
길이나 오솔길을 산책하며
생각 속 종이 위에 시구를 적을 때면,
손에는 지팡이가 느껴지고
언덕 꼭대기에
나의 옆모습이 보인다,
내 양 떼를 보고 또 내 생각들을 보는
혹은, 내 생각들을 보고 내 양 떼를 보는,
그리고 뭐라고 했는지 못 알아듣고도
알아들은 척하는 사람마냥, 애매하게 미소 짓는.

나는 나를 읽을 모든 이에게,
챙 넓은 모자를 들어 인사한다
마차가 언덕 꼭대기에 오르는 순간
문간에 선 나를 볼 때.
인사하면서 기원한다, 해가 나기를,
또 비가 필요하면 비가 오기를,
그리고 그들의 집에
열린 어느 창문가에
나의 시를 읽으며 앉아 있을
아끼는 의자 하나가 있기를.
그리고 내 시를 읽으며 생각하기를

Que sou qualquer cousa natural —
Por exemplo, a árvore antiga
À sombra da qual quando crianças
Se sentavam com um baque, cansados de brincar,
E limpavam o suor da testa quente
Com a manga do bibe riscado.

II
O meu olhar é nítido como um girassol.
Tenho o costume de andar pelas estradas
Olhando para a direita e para a esquerda,
E de vez em quando olhando para trás...
E o que vejo a cada momento
É aquilo que nunca antes eu tinha visto,
E eu sei dar por isso muito bem...
Sei ter o pasmo comigo
Que teria uma criança se, ao nascer,
Reparasse que nascera deveras...
Sinto-me nascido a cada momento
Para a grande novidade do mundo...

Creio no mundo como num malmequer,

내가 자연적인 무언가라고 ―
가령, 그 그늘 아래 아이들이
놀다 지쳐, 털썩 주저앉아
줄무늬 셔츠 소매로
뜨거운 이마의 땀을 닦는
오래된 나무 같은 것.

2
나의 시선은 해바라기처럼 맑다.
내겐 그런 습관이 있지, 거리를 거닐며
오른쪽을 봤다가 왼쪽을 봤다가,
때로는 뒤를 돌아보는……
그리고 매 순간 내가 보는 것은
전에 본 적 없는 것,
나는 이것을 아주 잘 알아볼 줄 안다……
아기가 태어나면서
진짜로 태어났음을 자각한다면 느낄 법한
그 경이를 나는 느낄 줄 안다……
이 세상의 영원한 새로움으로
매 순간 태어남을 나는 느낀다……

나는 마치 금잔화를 믿듯 세상을 믿는다,

Porque o vejo. Mas não penso nele

Porque pensar é não compreender...

O mundo não se fez para pensarmos nele

(Pensar é estar doente dos olhos)

Mas para olharmos para ele e estarmos de acordo.

Eu não tenho filosofia: tenho sentidos...

Se falo na Natureza não é porque saiba o que ela é,

Mas porque a amo, e amo-a por isso,

Porque quem ama nunca sabe o que ama

Nem sabe por que ama, nem o que é amar...

Amar é a inocência,

E toda a inocência é não pensar...

III

Ao entardecer, debruçado pela janela,

E sabendo por cim dos olhos que há campos em frente,

Leio até me arderem os olhos

O Livro de Cesário Verde.

왜냐하면 그걸 보니까. 그것에 대해 생각하지는 않지만
왜냐하면 생각하는 것은 이해하지 않는 것이니⋯⋯
세상은 생각하라고 만들어진 게 아니라
(생각한다는 건 눈이 병든 것)
우리가 보라고 있고, 동의하라고 있는 것.

내겐 철학이 없다, 감각만 있을 뿐⋯⋯
내가 자연에 대해 얘기한다면 그건, 그게 뭔지 알아서가
　　아니라,
그걸 사랑해서, 그래서 사랑하는 것,
왜냐하면 사랑을 하는 이는 절대 자기가 뭘 사랑하는지
　　모르고
왜 사랑하는지, 사랑이 뭔지도 모르는 법이니까⋯⋯

사랑한다는 것은 순진함이요,
모든 순진함은 생각하지 않는 것⋯⋯

3
해 질 무렵이 되면, 창문에 기대어,
눈앞 저 너머에 들판이 펼쳐져 있음을 의식하며,
눈이 시릴 때까지
세자리우 베르드의 **책**을 읽는다

Que pena que tenho dele! Ele era um camponês
Que andava preso em liberdade pela cidade.
Mas o modo como olhava para as casas,
E o modo como reparava nas ruas,
E a maneira como dava pelas pessoas,
É o de quem olha para árvores,
E de quem desce os olhos pela estrada por onde vai andando
E vê que está a reparar nas flores que há pelos campos...

Por isso ele tinha aquela grande tristeza
Que ele nunca disse bem que tinha,
Mas andava na cidade como quem não anda no campo
E triste como esmagar flores em livros
E pôr plantas em jarros...

V

Há metafísica bastante em não pensar em nada.

O que penso eu do mundo?
Sei lá o que penso do mundo!
Se eu adoecesse pensaria nisso.

나는 그가 얼마나 불쌍한지! 그는 촌사람이었어
도시의 자유에 구속당해 살던
하지만 그가 집들을 바라보던 방식
거리를 관찰하던 방식,
사람을 알아보는 방식,
그건 나무를 바라보는 이,
오가는 거리를 시선으로 내려가는 이,
들판에 있는 꽃들을 알아보는 이의 방식이었다……

그래서 그가 제대로 표현한 적은 없지만
그렇게 큰 슬픔을 지녔던 것,
시골을 다녀 보지 않은 사람처럼 도시를 거닐었던 것
책 속에 짓눌린 꽃처럼
병에 꽂힌 풀처럼 슬프게……

5
아무런 생각을 하지 않는 데에도 충분한 형이상학이 있다.

내가 세상에 대해 무슨 생각을 하냐고?
무슨 생각을 하는지 난들 어떻게 아나!
내가 병이 든다면 생각을 해 보겠지.

Que ideia tenho eu das cousas?

Que opinião tenho sobre as causas e os efeitos?

Que tenho eu meditado sobre Deus e a alma

E sobre a criação do mundo?

Não sei. Para mim pensar nisso é fechar os olhos

E não pensar. É correr as cortinas

Da minha janela (mas ela não tem cortinas).

O mistério das cousas? Sei lá o que é mistério!

O único mistério é haver quem pense no mistério.

Quem está ao sol e fecha os olhos,

Começa a não saber o que é o sol

E a pensar muitas cousas cheias de calor.

Mas abre os olhos e vê o sol,

E já não pode pensar em nada,

Porque a luz do sol vale mais que os pensamentos

De todos os filósofos e de todos os poetas.

A luz do sol não sabe o que faz

E por isso não erra e é comum e boa.

Metafísica? Que metafísica têm aquelas árvores?

A de serem verdes e copadas e de terem ramos

사물에 대해 무슨 생각을 갖고 있냐고?
원인과 결과에 대해 무슨 의견을 갖고 있냐고?
신과 영혼 그리고 천지창조에 관해
무슨 사색을 해 봤냐고?
모른다. 내게 있어 이런 생각을 한다는 건
눈을 감고 생각을 하지 않는 것. 그것은 내 창문의
커튼을 치는 것.(거기에는 커튼이 없지만)

사물의 신비? 신비가 뭔지 알게 뭐람!
유일한 신비는 신비에 대해 생각하는 누군가가 있다는 것.
태양을 마주한 사람은 눈을 감기 마련이고,
그러면서 태양이 무엇인지 모르기 시작하고,
열로 가득한 온갖 것을 생각하기 마련이다.
하지만 눈을 뜨고 태양을 보면,
이제 아무것도 생각하지 않을 수 있다,
햇빛은 그 어떤 철학자나 시인의
생각보다 더 가치 있기에.
햇빛은 자기가 뭘 하는지 모르고
그렇기에 틀리는 법이 없고 흔하며 좋은 것.

형이상학? 저 나무들에 무슨 형이상학이 있겠는가?
푸르른 것과 우거진 것과 가지가 있는 것

E a de dar fruto na sua hora, o que não nos faz pensar,
A nós, que não sabemos dar por elas.
Mas que melhor metafísica que a delas,
Que é a de não saber para que vivem
Nem saber que o não sabem?

«Constituição íntima das cousas»...
«Sentido íntimo do universo»...
Tudo isto é falso, tudo isto não quer dizer nada.
É incrível que se possa pensar em cousas dessas.
É como pensar em razões e fins
Quando o começo da manhã está raiando, e pelos lados das
    árvores
Um vago ouro lustroso vai perdendo a escuridão.

Pensar no sentido íntimo das cousas
É acrescentado, é como pensar na saúde
Ou levar um copo à água das fontes.

O único sentido íntimo das cousas
É elas não terem sentido íntimo nenhum.

그리고 때가 되면 열매가 열리는 것, 우리를 생각하게
    만들지 않는 것,
그것들을 알아볼 줄도 모르는, 우리.
과연 어떤 형이상학이 그보다 나을까,
무엇을 위해 사는지도 모르고
무엇을 모르는지도 모르는 것보다?

"사물의 내재적 구조"……
"우주의 내밀한 의미"……
이 모든 게 거짓이요, 아무 의미도 없다.
이런 것에 대해 생각할 수 있다니 믿기지 않는다.
그것은 마치 나무들 사이로 동이 트면서
은은하게 빛나는 금빛이 어둠을 몰아낼 때
원인과 목적에 대해 생각하는 것.

사물 내면의 의미에 대해 생각한다는 것은
마치 건강에 대해 생각하거나
샘물에 잔을 가져가는 것처럼, 추가하는 것.

사물 내면의 유일한 의미는
그것들에 내면의 의미 따위는 없다는 것뿐.

Não acredito em Deus porque nunca o vi.
Se ele quisesse que eu acreditasse nele,
Sem dúvida que viria falar comigo
E entraria pela minha porta dentro
Dizendo-me, *Aqui estou!*

(Isto é talvez ridículo aos ouvidos
De quem, por não saber o que é olhar para as cousas,
Não compreende quem fala delas
Com o modo de falar que reparar para elas ensina.)

Mas se Deus é as flores e as árvores
E os montes e o sol e o luar,
Então acredito nele,
Então acredito nele a toda a hora,
E a minha vida é toda uma oração e uma missa,
E uma comunhão com os olhos e pelos ouvidos.

Mas se Deus é as árvores e as flores
E os montes e o luar e o sol,
Para que lhe chamo eu Deus?
Chamo-lhe flores e árvores e montes e sol e luar;

나는 신을 믿지 않는다, 한 번도 본 적 없으므로.
내가 그를 믿기를 원한다면
당연히 그가 내게 다가와 말을 건네겠지
그리고 내 문을 열고 들어오며 말하겠지
나한테 이렇게 말하면서, 나 여기 있소!

(어쩌면 이 말은 터무니없게 들리리라
사물을 관찰한다는 게 뭔지 몰라서,
관찰이 가르쳐 주는 방식 그대로
사물들에 관해 말하는 사람을 이해하지 못하는 자들에게는.)

하지만 만약 신이 꽃이고 나무이고
언덕이고 태양이고 달이라면,
그렇다면 나는 그를 믿는다,
그렇다면 나는 매 순간 그를 믿고,
내 삶 전부가 하나의 기도요 미사이고,
눈과 귀로 하는 성찬식이다.

하지만 만약 신이 나무이고 꽃이고
언덕이고 달이고 태양이라면,
뭣하러 그걸 신이라고 부른단 말인가?
나는 그것들을 꽃과 나무와 언덕과 태양과 달이라 부르겠다,

Porque, se ele se fez, para eu o ver,

Sol e luar e flores e árvores e montes,

Se ele me aparece como sendo árvores e montes

E luar e sol e flores,

É que ele quer que eu o conheça

Como árvores e montes e flores e luar e sol.

E por isso eu obedeço-lhe,

(Que mais sei eu de Deus que Deus de si próprio?),

Obedeço-lhe a viver, espontaneamente,

Como quem abre os olhos e vê,

E chamo-lhe luar e sol e flores e árvores e montes,

E amo-o sem pensar nele,

E penso-o vendo e ouvindo,

E ando com ele a toda a hora.

VI

Pensar em Deus é desobedecer a Deus,

Porque Deus quis que o não conhecêssemos,

Por isso se nos não mostrou...

Sejamos simples e calmos,

왜냐하면, 만약 신이 태양과 달과 꽃과 나무와 언덕을,
나 보라고 창조한 거라면,
만약 그가 나무와 언덕과 달과 태양과 꽃들로
내 앞에 나타나는 거라면,
그건 내가 신을 나무와 언덕과 꽃과 달과 태양처럼
알기를 바라는 것일 테니까.

그래서 나는 그를 따른다,
(내가 신에 대해 신 자신보다 얼마나 더 잘 알겠나?)
즉흥적으로 살면서 그를 따른다,
눈을 뜨고 보는 사람처럼,
나는 그를 달과 태양과 꽃과 나무와 언덕이라 부르고,
그에 대해 생각하지 않으면서 그를 사랑하고,
그를 보고 들으면서 생각하고,
매 순간 그와 함께 다닌다.

6
신에 대해 생각하는 것은 신을 거역하는 것,
왜냐하면 신은 우리가 그를 모르길 바랐고,
그래서 자신을 보여 주지 않은 것이기에……

우리, 개울들과 나무들처럼

Como os regatos e as árvores,

E Deus amar-nos-á fazendo de nós

Nós como as árvores são árvores

E como os regatos são regatos,

E dar-nos-á verdor na sua primavera,

E um rio aonde ir ter quando acabemos...

E não nos dará mais nada, porque dar-nos mais seria tirar-nos-nos.

VII

Da minha aldeia vejo quanto da terra se pode ver do universo...

Por isso a minha aldeia é tão grande como outra terra qualquer,

Porque eu sou do tamanho do que vejo

E não do tamanho da minha altura...

Nas cidades a vida é mais pequena

Que aqui na minha casa no cimo deste outeiro.

Na cidade as grandes casas fecham a vista à chave,

Escondem o horizonte, empurram o nosso olhar para longe de
    todo o céu,

Tornam-nos pequenos porque nos tiram todo o tamanho que
    podemos olhar,

E tornam-nos pobres porque a nossa única riqueza é ver.

단순하고 침착해지자.
신은 우리를 우리로써 창조하며 사랑할 것이다,
우리를, 마치 나무들이 나무들이고
개울이 개울이듯, 그리고
봄에는 푸릇푸릇함을 주고
우리가 마지막을 고할 때 가야 할 강(江)도 주리라……
그리고 더는 주지 않으리라, 더 주는 건 우리를 우리로부터
　　앗아 가는 게 될 테니.

7
내 마을에서는 우주에서 볼 수 있는 만큼의 땅이 보인다……
그래서 내 마을은 다른 어떤 땅보다 그렇게 크다,
왜냐하면 나의 크기는 내 키가 아니라
내가 보는 만큼의 크기니까……

도시에서는 삶이 더 작다
여기 이 언덕 꼭대기에 있는 내 집보다.
도시에서는 커다란 집들이 열쇠로 전망을 잠가 버린다,
지평선을 가리고, 우리 시선을 전부 하늘 멀리 밀어 버린다,
우리가 볼 수 있는 크기를 앗아 가기에, 우리는 작아진다,
우리의 유일한 부는 보는 것이기에, 우리는 가난해진다.

VIII

Num meio-dia de fim de primavera
Tive um sonho como uma fotografia.
Vi Jesus Cristo descer à terra.

Veio pela encosta de um monte
Tornado outra vez menino,
A correr e a rolar-se pela erva
E a arrancar flores para as deitar fora
E a rir de modo a ouvir-se de longe.

Tinha fugido do céu.
Era nosso de mais para fingir
De segunda pessoa da trindade.
No céu era tudo falso, tudo em desacordo
Com flores e árvores e pedras.
No céu tinha que estar sempre sério
E de vez em quando de se tornar outra vez homem
E subir para a cruz, e estar sempre a morrer
Com uma coroa toda à roda de espinhos
E os pés espetados por um prego com cabeça,
E até com um trapo à roda da cintura

8
봄이 끝날 무렵 한낮에
사진과도 같은 꿈을 꾸었다.
나는 예수 그리스도가 땅으로 내려옴을 보았다.

산비탈을 타고 오며
다시 아기로 변하며,
풀밭 위를 달리고 구르며
꽃을 내던지려고 꺾으며
멀리서도 들리게 웃으며.

천국에서 도망쳐 온 것이었다.
삼위일체의 두 번째 사람인 척하기엔
그는 너무도 우리 같았다.
천국에서는 모든 게 가짜였고, 모든 게
꽃과 나무와 돌과 조화롭지 못했다.
천국에서는 항상 진지해야만 했고
가끔은 다시 인간으로 변해야만 했다
십자가에 오르고, 항상 죽음을 맞이하며
가시 면류관을 쓰고
두 발에는 대못이 박힌 채,
삽화에 나오는 흑인들처럼

Como os pretos nas ilustrações.

Nem sequer o deixavam ter pai e mãe

Como as outras crianças.

O seu pai era duas pessoas —

Um velho chamado José, que era carpinteiro,

E que não era pai dele;

E o outro pai era uma pomba estúpida,

A única pomba feia do mundo

Porque não era do mundo nem era pomba.

E a sua mãe não tinha amado antes de o ter.

Não era mulher: era uma mala

Em que ele tinha vindo do céu.

E queriam que ele, que só nascera da mãe,

E nunca tivera pai para amar com respeito,

Pregasse a bondade e a justiça!

Um dia que Deus estava a dormir

E o Espírito Santo andava a voar,

Ele foi à caixa dos milagres e roubou três.

Com o primeiro fez que ninguém soubesse que ele tinha fugido.

Com o segundo criou-se eternamente humano e menino.

Com o terceiro criou um Cristo eternamente na cruz

허리에 넝마까지 두르고.
게다가 다른 아이들처럼
어머니와 아버지를 가지는 것조차 허용되지 않았다.
그의 아버지는 두 사람이었다 ──
주제[1]라 불린 노인, 목수였으며,
그의 아버지가 아니었던 자,
그리고 다른 한 사람은 바보 같은 비둘기,
이 세상 것도 아니고 비둘기도 아니었기에
세상에서 유일한 못난 비둘기.
그의 어머니는 그를 낳기 전에는 사랑을 해 본 적도 없었다.
그녀는 여자가 아니었다. 그녀는 가방이었다
그가 하늘에서 올 때 들어 있던.
그들이 원한 건, 그가 오로지 어머니에게서만 태어날 것,
또, 존경을 담아 사랑할 아버지는 평생 없을 것,
선과 정의를 설교할 것!

어느 날 신이 잠들어 있고
성령이 날아다니는 틈을 타,
그는 기적의 상자에서 세 가지를 훔쳤다.
첫 번째로는 그가 도망간 사실을 아무도 모르게 만들었다.
두 번째로는 그를 영원한 인간으로 또 아이로 창조했다.
세 번째로는 영원히 십자가에 매달린 예수를 창조하고

33

E deixou-o pregado na cruz que há no céu
E serve de modelo às outras.
Depois fugiu para o sol
E desceu pelo primeiro raio que apanhou.

Hoje vive na minha aldeia comigo.
É uma criança bonita de riso e natural.
Limpa o nariz ao braço direito,
Chapinha nas poças de água,
Colhe as flores e gosta delas e esquece-as.
Atira pedras aos burros,
Rouba a fruta dos pomares
E foge a chorar e a gritar dos cães.
E, porque sabe que elas não gostam
E que toda a gente acha graça,
Corre atrás das raparigas
Que vão em ranchos pelas estradas
Com as bilhas às cabeças
E levanta-lhes as saias.

A mim ensinou-me tudo.
Ensinou-me a olhar para as coisas.

천국에 있는 십자가에 못 박힌 채 놔두어
다른 사람들이 본보기로 삼도록 했다.
그다음에는 태양으로 도망쳤다가
가장 먼저 붙잡은 햇살을 타고 내려왔다.

지금은 우리 마을에서 나와 같이 산다.
미소가 예쁘고 자연스런 아이다.
오른팔로 코를 닦고,
물웅덩이에서 첨벙대고,
꽃을 꺾고 좋아하다가도 잊어버리는.
당나귀들에게 돌을 던지고,
과수원에서 과일 서리를 하고,
개들에게 쫓겨 울고 소리치며 도망가는.
그리고, 그녀들이 싫어하는 걸 알고
다들 재미있어 하는 것도 알기에,
머리에 항아리를 이고
무리 지어 길을 걷는
소녀들 뒤를 쫓아다니며
치마를 들추기도 한다.

그는 내게 모든 걸 가르쳐 주었다.
사물을 바라보는 법을 가르쳐 주었다.

Aponta-me todas as coisas que há nas flores.

Mostra-me como as pedras são engraçadas

Quando a gente as tem na mão

E olha devagar para elas.

Diz-me muito mal de Deus.

Diz que ele é um velho estúpido e doente,

Sempre a escarrar no chão

E a dizer indecências.

A Virgem Maria leva as tardes da eternidade a fazer meia.

E o Espírito Santo coça-se com o bico

E empoleira-se nas cadeiras e suja-as.

Tudo no céu é estúpido como a Igreja Católica.

Diz-me que Deus não percebe nada

Das coisas que criou —

«Se é que ele as criou, do que duvido» —.

«Ele diz, por exemplo, que os seres cantam a sua glória,

Mas os seres não cantam nada.

Se cantassem seriam cantores.

Os seres existem e mais nada,

E por isso se chamam seres».

꽃에 관한 모든 걸 짚어 준다.
우리가 손에 돌멩이를 쥐고
천천히 살펴볼 때
얼마나 재미있는지도 보여 준다.

그는 신에 대해서는 굉장히 나쁘게 이야기했다.
멍청하고 병든 늙은이라고 했다,
항상 땅에다 침을 뱉고
지저분한 얘기나 한다고.
성녀 마리아는 영원의 오후들을 양말이나 짜며 보내고
성령은 주둥이로 몸을 긁적거리면서
높은 의자들에 앉아 가면서 자리나 더럽힌다고.
천국에 있는 모든 건 가톨릭교회처럼 멍청하다고.
내게 말했다 신은 자기가 창조한 것들에 대해
아무것도 이해하지 못한다고 ─
"그가 저것들을 창조했다고 치자, 믿기진 않지만" ─
"그는 말하지, 예컨대, 만물이 그의 영광을 노래한다고,
그러나 만물은 아무것도 노래하지 않아.
노래한다면 그들은 가수들이겠지.
만물은 존재할 뿐 그 이상은 아니야,
그래서 만물이라 부르는 거지."

E depois, cansado de dizer mal de Deus,
O Menino Jesus adormece nos meus braços
E eu levo-o ao colo para casa.

....

Ele mora comigo na minha casa a meio do outeiro.
Ele é a Eterna Criança, o deus que faltava.
Ele é o humano que é natural,
Ele é o divino que sorri e que brinca.
E por isso é que eu sei com toda a certeza
Que ele é o Menino Jesus verdadeiro.

E a criança tão humana que é divina
É esta minha quotidiana vida de poeta,
E é porque ele anda sempre comigo que eu sou poeta sempre,
E que o meu mínimo olhar
Me enche de sensação,
E o mais pequeno som, seja do que for,
Parece falar comigo.

A Criança Nova que habita onde vivo

그러고 나서, 신을 악담하는 데에도 지쳐서,
아기 예수는 내 팔에 안겨 잠이 들고
나는 그를 품에 안아 집에 데려간다.

....

그는 언덕 가운데 자리한 우리 집에서 나랑 같이 산다.
그는 영원한 어린아이, 사라졌던 신이다.
자연스러운 의미에서의 인간이요,
웃고 장난치는 신적 존재다.
그래서 나는 확신한다
그가 진짜 아기 예수임을.

너무나 인간적이어서 신적인 이 아이는
바로 시인으로서의 내 일상,
그가 항상 나와 같이 다니고 또 내가 늘 시인이기에,
나의 가장 사소한 시선으로도
나의 감각을 가득 채우고,
가장 작은 소리로도, 그게 무엇이든,
나와 대화하는 것만 같다.

내가 사는 곳에 거주하는 새로운 아이는

Dá-me uma mão a mim

E a outra a tudo que existe

E assim vamos os três pelo caminho que houver,

Saltando e cantando e rindo

E gozando o nosso segredo comum

Que é o de saber por toda a parte

Que não há mistério no mundo

E que tudo vale a pena.

A Criança Eterna acompanha-me sempre.

A direcção do meu olhar é o seu dedo apontando.

O meu ouvido atento alegremente a todos os sons

São as cócegas que ele me faz, brincando, nas orelhas.

Damo-nos tão bem um com o outro

Na companhia de tudo

Que nunca pensamos um no outro,

Mas vivemos juntos e dois

Com um acordo íntimo

Como a mão direita e a esquerda.

Ao anoitecer brincamos as cinco pedrinhas

한 손은 나에게 건네고
다른 손은 존재하는 모든 것에게 주고
그렇게 우리 셋은 아무 길이나 걷는다,
뛰고 웃고 노래하면서
온 세상에 신비 같은 건 없고
모든 게 가치 있다는
우리만 아는 비밀을 즐기면서.

영원한 어린아이는 항상 나와 동행한다.
내 시선의 방향은 그의 손가락이 가리키는 곳.
모든 소리에 기쁜 마음으로 귀 기울이는 내 청각은
그가 내 귀에 태우는, 장난스런 간지럼.

우리는 서로 그렇게 잘 맞았다
모든 것을 함께하면서
각자에 대해서는 생각도 안 할 정도로,
하지만 우리는 둘이서 함께 산다
마치 오른손과 왼손처럼
친밀한 조화를 이루면서.

해 질 무렵엔 집 대문 계단에서

No degrau da porta de casa,

Graves como convém a um deus e a um poeta,

E como se cada pedra

Fosse todo um universo

E fosse por isso um grande perigo para ela

Deixá-la cair no chão.

Depois eu conto-lhe histórias das coisas só dos homens

E ele sorri, porque tudo é incrível.

Ri dos reis e dos que não são reis,

E tem pena de ouvir falar das guerras,

E dos comércios, e dos navios

Que ficam fumo no ar dos altos mares.

Porque ele sabe que tudo isso falta àquela verdade

Que uma flor tem ao florescer

E que anda com a luz do sol

A variar os montes e os vales

E a fazer doer aos olhos os muros caiados.

Depois ele adormece e eu deito-o.

Levo-o ao colo para dentro de casa

E deito-o, despindo-o lentamente

공기놀이를 한다,
한 신과 한 명의 시인에 걸맞는 엄숙함으로
마치 돌 하나마다
하나의 우주인 것처럼
그래서 그것을 땅에 떨어뜨리는 게
대단한 위험이라도 초래할 것처럼.

그러고 나서 나는 그에게 인간사의 얘기를 들려준다
그는 웃는다, 모든 게 믿기지가 않아서.
왕들 그리고 왕이 아닌 자들에 대해 웃고,
전쟁들에 관해 이야기 들으며 슬퍼한다,
무역에 대해서도, 먼 바다 하늘에 연기로 남는
배들에 대해서도.
왜냐하면 그는 이 모두에 진실이 결여되어 있음을 알기 때문이다.
꽃이 꽃을 피울 때 갖는,
햇볕이 언덕과 계곡을
얼룩 지울 때 함께하는,
회칠한 벽들 앞에서 우리 두 눈을 시리게 하는 그것이.

곧 그는 잠들고 나는 그를 재운다.
그를 품에 안고 집 안으로 들어가
눕힌 다음, 천천히 옷을 벗긴다

E como seguindo um ritual muito limpo
E todo materno até ele estar nu.

Ele dorme dentro da minha alma
E às vezes acorda de noite
E brinca com os meus sonhos.
Vira uns de pernas para o ar,
Põe uns em cima dos outros
E bate as palmas sozinho
Sorrindo para o meu sono.

....

Quando eu morrer, filhinho,
Seja eu a criança, o mais pequeno.
Pega-me tu ao colo
E leva-me para dentro da tua casa.
Despe o meu ser cansado e humano
E deita-me na tua cama.
E conta-me histórias, caso eu acorde,
Para eu tornar a adormecer.
E dá-me sonhos teus para eu brincar

아주 정갈한 의식을 치르듯 어머니처럼
그가 벌거숭이가 될 때까지.

그는 내 영혼 안에서 잠을 잔다
그리고 이따금 밤중에 깨어나
내 꿈들을 가지고 논다.
공중에서 발로 돌리기도 하고,
하나를 다른 하나 위에 포개기도 하고,
내 꿈을 보고 웃음 지으며
혼자 손뼉치기도 하고.

....

내가 죽으면, 아이야,
내가 그 애, 막내가 될게,
나를 네 품에 안고
너의 집으로 데려가 주렴.
지쳐 버린 내 인간 존재를 벗기고
나를 네 침대에 눕혀 다오.
내가 깨어나거든, 내게 이야기를 들려줘,
내가 다시 잠들 수 있도록.
그리고 내가 갖고 놀 수 있게 너의 꿈들을 줘

Até que nasça qualquer dia
Que tu sabes qual é.

. . . .

Esta é a história do meu Menino Jesus.
Por que razão que se perceba
Não há-de ser ela mais verdadeira
Que tudo quanto os filósofos pensam
E tudo quanto as religiões ensinam?

IX

Sou um guardador de rebanhos.
O rebanho é os meus pensamentos
E os meus pensamentos são todos sensações.
Penso com os olhos e com os ouvidos
E com as mãos e os pés
E com o nariz e a boca.

Pensar uma flor é vê-la e cheirá-la
E comer um fruto é saber-lhe o sentido.

너는 언제인지 아는 그날이
동틀 때까지.

···

이것이 나의 아기 예수에 관한 이야기다.
이것이, 철학자들이 생각하는 모든 것보다
또 종교들이 가르치는 모든 것보다
더 진실이 아닐
어떤 이유라도 있는가?

9
나는 가축 떼의 지킴이.
가축 떼는 내 생각들
내 생각들은 모두 감각들.
나는 생각한다 두 눈과 귀로
두 손과 발로
코와 입으로.

꽃 한 송이를 생각한다는 건 그걸 보고, 그 향기를 맡는 것
그리고 과일을 먹는다는 건 그 감각을 아는 것.

Por isso quando num dia de calor

Me sinto triste de gozá-lo tanto,

E me deito ao comprido na erva,

E fecho os olhos quentes,

Sinto todo o meu corpo deitado na realidade,

Sei a verdade e sou feliz.

X

«Olá, guardador de rebanhos,

Aí à beira da estrada,

Que te diz o vento que passa?»

«Que é vento, e que passa,

E que já passou antes,

E que passará depois.

E a ti o que te diz?»

«Muita cousa mais do que isso.

Fala-me de muitas outras cousas.

De memórias e de saudades

E de cousas que nunca foram.»

그렇기에 어느 더운 날
내가 이를 너무나 만끽해 슬퍼질 때면,
나는 풀밭에 길게 누워서
따스한 두 눈을 감고,
내 온몸이 현실에 누워 있음을 느낀다,
나는 진실을 알겠고 나는 행복하다.

10
"안녕, 거기 길가에서
양 떼를 치는 목동아,
지나가는 바람이 너에게 뭐라고 하던?"

"바람이라고, 지나간다고,
전에도 이미 지나갔었고,
다음에도 지나갈 거라고.
그래 너에겐 뭐라고 하던?"

"그보다 많은 말들을 하던데.
내게는 다른 얘기를 많이 해 줬어.
기억과 그리움 그리고
한 번도 없었던 것들에 관해서."

«Nunca ouviste passar o vento.

O vento só fala do vento.

O que lhe ouviste foi mentira,

E a mentira está em ti.»

XI

Aquela senhora tem um piano

Que é bom de ouvir mas não como rios

Nem como o sossego com que as árvores se mexem.

Para que é preciso ter um piano?

O melhor é ter ouvidos

E ouvir bem os sons que nascem.

XII

Os pastores de Virgílio tocavam avenas e outras cousas

E cantavam de amor literariamente

(Dizem — eu nunca li Virgílio.

Para que o havia eu de ler?).

Mas os pastores de Virgílio não são pastores: são Virgílio,

"너는 바람이 지나가는 걸 한 번도 들은 적이 없구나.
바람은 바람에 대해서만 말하지.
네가 그에게서 들은 건 거짓말이었어,
그리고 그 거짓말은 네 안에 있어."

11
저 여인에겐 피아노가 있다
듣기 좋긴 해도 강만큼은 아니고
나무들이 움직일 때의 고요함 같지도 않다.

피아노가 뭘 위해 필요할까?
가장 좋은 건 들을 줄 아는 것
그리고 태어나는 소리들을 잘 듣는 것.

12
베르길리우스의 목동들은 피리와 다른 것들을 연주했고
사랑을 문학적으로 노래했다
(그랬다고 하더라 — 나는 한 번도 베르길리우스를 읽어 본
    적 없다.
내가 왜 읽어야 하나?)

하지만 베르길리우스의 목동들은 목동들이 아니다: 그들은

E a Natureza é bela antes disso.

XIII

Leve, leve, muito leve,
Um vento muito leve passa,
E vai-se, sempre muito leve.
E eu não sei o que penso
Nem procuro sabê-lo.

XIV

Não me importo com as rimas. Raras vezes
Há duas árvores iguais, uma ao lado da outra.
Penso e escrevo como as flores têm cor
Mas com menos perfeição no meu modo de exprimir-me
Porque me falta a simplicidade natural
De ser todo só o meu exterior.

Olho e comovo-me,
Comovo-me como a água corre quando o chão é inclinado
E a minha poesia é natural como o levantar-se vento...

베르길리우스다,
그리고 그 이전에 자연은 아름답다.

13
가벼운, 가벼운, 아주 가벼운,
아주 가벼운 바람이 지나가고,
가 버린다, 항상 그렇게 아주 가볍게.
나는 내가 무슨 생각을 하는지도 모르겠고,
알려고도 하지 않는다.

14
운율 따위 난 아무래도 좋다. 나란히 선
나무 두 그루가 똑같기란 드문 일.
꽃들이 색을 지니듯 나는 생각하고 쓰지만
스스로를 표현하는 방식에 있어서는 덜 완벽하다
왜냐하면 온전히 외형만으로 존재하는
자연의 단순성이 내게는 없기에.

나는 본다 그리고 감동한다,
물이 경사진 땅으로 흐르듯 감동하고,
내 시는 바람이 일듯 자연스럽다……

XVI

Quem me dera que a minha vida fosse um carro de bois
Que vem a chiar, manhaninha cedo, pela estrada,
E que para dc onde veio volta depois,
Quase à noitinha pela mesma estrada.

Eu não tinha que ter esperanças — tinha só que ter rodas...
A minha velhice não tinha rugas nem cabelos brancos...
Quando eu já não servia, tiravam-me as rodas
E eu ficava virado e partido no fundo de um barranco.

Ou então faziam de mim qualquer coisa diferente
E eu não sabia nada do que de mim faziam...
Mas eu não sou um carro, sou diferente,
Mas em que sou realmente diferente nunca me diriam.

XVII

A Salada

No meu prato que mistura de Natureza!
As minhas irmãs as plantas,

16

내 삶이 한 대의 소달구지였으면 좋겠다
아침 일찍부터 길을 따라 삐걱거리며
나중에 해 질 무렵이 되면
똑같은 길로 되돌아와 서 있는.

내게는 희망도 필요 없다 — 바퀴만 있으면 된다……
나의 노쇠함에는 주름도 흰머리도 없다……
내가 쓸모없어지면, 내게서 바퀴를 빼 버리고
뒤집히고 부서져서 어느 계곡 깊숙이 처박히리라.

아니면 나를 가지고 뭔가 다른 걸 만들겠지
나를 가지고 뭘 만드는지 나는 전혀 모를 테고……
하지만 나는 달구지가 아니다, 나는 다르다,
아무도 내가 정말로 어떻게 다른지는 절대 말해 주지
　　　않겠지만.

17
샐러드

내 접시 위에 이 자연의 뒤섞임이란!
나의 형제들인 풀들,

As companheiras das fontes, as santas
A quem ninguém reza…

E cortam-nas e vêm à nossa mesa
E nos hotéis os hóspedes ruidosos,
Que chegam com correias tendo mantas,
Pedem «salada», descuidosos…

Sem pensar que exigem à Terra-Mãe
A sua frescura e os seus filhos primeiros,
As primeiras verdes palavras que ela tem,
As primeiras cousas vivas e irisantes
Que Noé viu
Quando as águas desceram e o cimo dos montes
Verde e alagado surgiu
E no ar por onde a pomba apareceu
O arco-íris se esbateu…

XX
O Tejo é mais belo que o rio que corre pela minha aldeia,
Mas o Tejo não é mais belo que o rio que corre pela minha
    aldeia

나의 동료들인 샘물들, 아무도
기도를 올리지 않는 성인들……

사람들은 그걸 꺾어서 우리 식탁으로 가져오고
호텔에선 시끄러운 숙박객들이
돌돌 묶인 담요를 메고 도착해서는
별 생각 없이, "샐러드"라고 주문한다……

어머니 대지에게 무얼 요구하는지도 모르고
그녀의 신선함과 가장 먼저 태어난 자식들,
그녀가 가진 최초의 초록빛 말들,
물이 흘러내리고 언덕 끝이
물에 흠뻑 젖어 푸르게 솟아났을 때
또 비둘기가 나타난 하늘에
무지개가 선명해질 때
노아가 목격한
가장 먼저 난 생명체들과 빛나는 것들을……

20
테주는 내 마을에 흐르는 강보다 더 아름답다,
하지만 테주는 내 마을에 흐르는 강보다 아름답지 않다,

Porque o Tejo não é o rio que corre pela minha aldeia.

O Tejo tem grandes navios
E navega nele ainda,
Para aqueles que vêem em tudo o que lá não está,
A memória das naus.

O Tejo desce de Espanha
E o Tejo entra no mar em Portugal.
Toda a gente sabe isso.
Mas poucos sabem qual é o rio da minha aldeia
E para onde ele vai
E donde ele vem.
E por isso, porque pertence a menos gente,
É mais livre e maior o rio da minha aldeia.

Pelo Tejo vai-se para o mundo.
Para além do Tejo há a América
E a fortuna daqueles que a encontram.
Ninguém nunca pensou no que há para além
Do rio da minha aldeia.

왜냐하면 테주는 내 마을에 흐르는 강이 아니니까.

테주에는 커다란 배들이 있고
모든 곳에서 없는 걸 보는 이들에게는,
그 배들의 기억이
아직도 거기서 항해 중이다.

테주는 스페인에서 내려와
포르투갈을 거쳐 바다로 들어간다.
누구나 이걸 안다.
하지만 내 마을의 강이 무슨 강인지 아는 이는 거의 없다
어디로 흘러가는지
어디에서 흘러오는지.
그렇기에, 더 적은 사람들의 것이기에,
내 마을의 강은 더 자유롭고 더 크다.

테주를 통하면 세계로 나아갈 수 있다.
테주 너머에는 아메리카 그리고
그곳을 발견하는 자들의 행운이 있다.
내 마을의 강 너머에 뭐가 있는지는 아무도
한 번도 생각해 본 적 없다.

O rio da minha aldeia não faz pensar em nada.
Quem está ao pé dele está só ao pé dele.

XXI

Se eu pudesse trincar a terra toda
E sentir-lhe um paladar,
E se a terra fosse uma cousa para trincar,
Seria mais feliz um momento...
Mas eu nem sempre quero ser feliz.
É preciso ser de vez em quando infeliz
Para se poder ser natural...
Nem tudo é dias de sol,
E a chuva, quando falta muito, pede-se.
Por isso tomo a infelicidade com a felicidade
Naturalmente, como quem não estranha
Que haja montanhas e planícies
E que haja rochedos e erva...

O que é preciso é ser-se natural e calmo
Na felicidade ou na infelicidade,
Sentir como quem olha,
Pensar como quem anda,

내 마을의 강은 아무것도 생각하게 만들지 않는다.
그 강가에 있는 사람은 그저 그 강가에 있을 뿐이다.

21
내가 이 지구 전체를 깨물 수 있다면
그래서 어떤 맛을 볼 수 있다면,
그리고 지구가 깨물 수 있는 무언가라면,
한순간은 더 행복할 텐데……
하지만 내가 항상 행복해지길 원하는 건 아니다.
가끔은 불행할 필요가 있다
자연다우려면……
모든 날이 해 뜬 날은 아니니,
비도 많이 부족할 때면, 내리기를 바라는 법.
그래서 나는 행복과 함께 불행도 취한다
마치 산과 평원과
바위와 초목의 존재가
낯설지 않은 사람처럼 자연스럽게……

우리에게 필요한 건 자연스럽고 편안해지는 것
행복할 때든 불행할 때든
보는 것처럼 느끼는 것,
걷는 것처럼 생각하는 것,

E quando se vai morrer, lembrar-se de que o dia morre,
E que o poente é belo e é bela a noite que fica...
E que se assim é, é porque é assim.

XXII

Como quem num dia de Verão abre a porta de casa
E espreita para o calor dos campos com a cara toda,
Às vezes, de repente, bate-me a Natureza de chapa
Na cara dos meus sentidos,
E eu fico confuso, perturbado, querendo perceber
Não sei bem como nem o quê...

Mas quem me mandou a mim querer perceber?
Quem me disse que havia que perceber?

Quando o Verão me passa pela cara
A mão leve e quente da sua brisa,
Só tenho que sentir agrado porque é brisa
Ou que sentir desagrado porque é quente,
E de qualquer maneira que eu o sinta,
Assim, porque assim o sinto, é meu dever senti-lo...

그리고 죽을 때가 되면, 하루도 죽는다는 걸, 기억하는 것,
노을이 아름답고, 남는 밤도 아름답다는 걸……
그런 거라면, 그렇기 때문에 그렇다는 걸.

22
한여름날 집 문을 열어
얼굴 가득히 들판의 열기를 엿보는 사람처럼,
이따금, 갑자기, 자연은
내 감각들의 얼굴을 때리고,
그러면 나는 혼란스럽고, 당황하여,
어떤 건지 뭔지도 모를 무언가를 이해하고 싶어 한다……

하지만 누가 나더러 이해하고 싶어 하라고 시키던가?
누가 나더러 이해해야 한다고 말하던가?

여름이 산들바람의 가볍고 따뜻한 손길로
내 얼굴을 스치고 지나갈 때,
그게 산들바람이라서 상쾌하면 그뿐
혹은 뜨거워서 불쾌하면 그뿐,
그리고 내가 그걸 어떻게 느끼든,
그렇게 느끼기에, 그 느낌이 나의 의무……

XXIV

O que nós vemos das cousas são as cousas.
Por que veríamos nós uma cousa se houvesse outra?
Por que é que ver e ouvir seriam iludirmo-nos
Se ver e ouvir são ver e ouvir?

O essencial é saber ver,
Saber ver sem estar a pensar,
Saber ver quando se vê,
E nem pensar quando se vê
Nem ver quando se pensa.

Mas isso (tristes de nós que trazemos a alma vestida!),
Isso exige um estudo profundo,
Uma aprendizagem de desaprender
E uma sequestração na liberdade daquele convento
De que os poetas dizem que as estrelas são as freiras eternas
E as flores as penitentes convictas de um só dia,
Mas onde afinal as estrelas não são senão estrelas
Nem as flores senão flores,
Sendo por isso que lhes chamamos estrelas e flores.

24
우리가 사물에서 보는 것은 사물이다.
거기 다른 게 있었다면 왜 그걸 보겠는가?
보는 것과 듣는 것이 보는 것과 듣는 것이라면
보고 듣는 것이 왜 우리를 현혹시키겠는가?

본질은 볼 줄 아는 것,
생각하지 않고 볼 줄 아는 것,
볼 때 볼 줄 아는 것,
그리고 볼 때 생각하지 않는 것
생각할 때 보지 않는 것.

하지만 이것,(옷 입은 영혼을 가진 슬픈 우리!)
이것은 깊이 있는 공부를 요구한다,
안 배우기를 위한 배움을
또, 별들이 영원한 수녀들이고,
꽃들이 참회하는 하루살이 죄인들이라고 시인들이 말하는
저 수도원의 자유 속 격리를.
하지만 결국 별들이 그저 별들이고
꽃들이 꽃일 뿐인 곳에서는,
그런 이유로 우리는 그것들을 별들과 꽃들이라 부르지.

XXVI

Às vezes, em dias de luz perfeita e exacta,
Em que as cousas têm toda a realidade que podem ter,
Pergunto a mim próprio devagar
Por que sequer atribuo eu
Beleza às cousas.

Uma flor acaso tem beleza?
Tem beleza acaso um fruto?
Não: têm cor e forma
E existência apenas.
A beleza é o nome de qualquer cousa que não existe
Que eu dou às cousas em troca do agrado que me dão.
Não significa nada.
Então por que digo eu das cousas: são belas?

Sim, mesmo a mim, que vivo só de viver,
Invisíveis, vêm ter comigo as mentiras dos homens
Perante as cousas,
Perante as cousas que simplesmente existem.

Que difícil ser próprio e não ver senão o visível!

26

가끔은, 완벽하고 정확한 햇살이 드는 날,
사물들이 가질 수 있는 모든 실재를 지니는 날이면,
천천히 스스로에게 물어본다
나는 왜 굳이 사물에게
아름다움을 부여하는가.

한 송이 꽃이 아름다움을 지니나?
과일 하나가 아름다움을 지니나?
아니, 그저 색깔과 형태 그리고
존재를 지닐 뿐.
아름다움은 존재하지 않는 무언가의 이름
내게 주는 만족감의 보답으로 내가 사물에게 주는 것.
아무것도 의미하지 않는다.
그렇다면 왜 나는 사물을 두고 말하는가, 아름답다고?

그래, 나에게도, 그저 사느라 사는 나에게도,
보지 못하는 새, 사물들에 대한
그저 존재할 뿐인 사물들에 대한
인간의 거짓말이 찾아온 거다.

스스로가 되는 것, 그리고 보이는 것만 보기란 얼마나 어려운가!

XXVII

Só a Natureza é divina, e ela não é divina...

Se às vezes falo dela como de um ente
É que para falar dela preciso usar da linguagem dos homens
Que dá personalidade às cousas,
E impõe nome às cousas.

Mas as cousas não têm nome nem personalidade:
Existem, e o céu é grande e a terra larga,
E o nosso coração do tamanho de um punho fechado...

Bendito seja eu por tudo quanto não sei.
É isso tudo que verdadeiramente sou.
Gozo tudo isso como quem sabe que há o sol.

XXVIII

Li hoje quase duas páginas
Do livro dum poeta místico,
E ri como quem tem chorado muito.

Os poetas místicos são filósofos doentes,

27
오로지 **자연**만이 신적이다, 그리고 그것은 신적이지 않다……

가끔 내가 자연이 어떤 개체인 양 말한다면
그것은 그에 대해 말하려면 인간의 언어를 써야 하기 때문이다
사물들에 성격을 부여하고,
억지로 이름을 붙이는 식으로.

하지만 사물들은 이름도 성격도 없다,
그저 존재한다, 그리고 하늘은 거대하고 땅은 드넓고,
우리 심장은 꽉 쥔 주먹만 한 크기다……

나의 모든 무지에 축복을.
이 전부가 내 진짜 모습.
이 모든 걸 태양이 있다는 걸 아는 사람처럼 즐긴다.

28
오늘은 거의 두 페이지를 읽었다.
신비주의 시인에 대한 책을,
그리고 많이 운 사람처럼 웃었다.

신비주의 시인들은 병든 철학자들,

E os filósofos são homens doidos.

Porque os poetas místicos dizem que as flores sentem
E dizem que as pedras têm alma
E que os rios têm êxtases ao luar.

Mas as flores, se sentissem, não eram flores,
Eram gente;
E se as pedras tivessem alma, eram cousas vivas, não eram
    pedras;
E se os rios tivessem êxtases ao luar,
Os rios seriam homens doentes.

É preciso não saber o que são flores e pedras e rios
Para falar dos sentimentos deles.
Falar da alma das pedras, das flores, dos rios,
É falar de si próprio e dos seus falsos pensamentos.
Graças a Deus que as pedras são só pedras,
E que os rios não são senão rios,
E que as flores são apenas flores.

그리고 철학자들은 미치광이들.

왜냐하면 신비주의 시인들에 따르면
꽃은 느끼고 돌에는 영혼이 있으며
강은 달빛 아래 황홀경에 이른다고 하니.

하지만 꽃이 느낀다면, 그건 꽃이 아니라,
인간이겠지,
그리고 돌에게 영혼이 있다면, 그건 돌이 아니라,
　　생물이겠지,
그리고 강이 달빛에 황홀해한다면,
강은 병든 인간이겠지.

꽃과 돌과 강의 감성에 대해 얘기하려면
그것들에 대해 모를 필요가 있다.
돌, 꽃, 강의 영혼에 대해 말하는 것은,
스스로에 대해 그리고 자기의 가짜 생각들에 대해 말하는
　　것뿐.
천만다행이구나 돌이 그저 돌이라서,
강이 오로지 강이라서,
꽃이 단지 꽃이라서.

Por mim, escrevo a prosa dos meus versos

E fico contente,

Porque sei que compreendo a Natureza por fora;

E não a compreendo por dentro

Porque a Natureza não tem dentro;

Senão não era a Natureza.

XXIX

Nem sempre sou igual no que digo e escrevo.

Mudo, mas não mudo muito.

A cor das flores não é a mesma ao sol

Do que quando uma nuvem passa

Ou quando entra a noite

E as flores são cor da lembrança.

Mas quem olha bem vê que são as mesmas flores.

Por isso quando pareço não concordar comigo,

Reparem bem para mim:

Se estava virado para a direita,

Voltei-me agora para a esquerda,

Mas sou sempre eu, assente sobre os mesmos pés —

O mesmo sempre, graças a haver a terra

나로 말할 것 같으면, 나는 내 시에 대한 산문을 쓴다
그리고 흐뭇해한다.
내가 **자연**을 속으로부터 이해하지 않고
바깥에서 이해했음을 알기에,
왜냐하면 **자연**에게는 속 따윈 없으니까,
그렇지 않다면 **자연**이 아닐 테니까.

29
말하고 쓰는 데 있어서 나는 항상 똑같지는 않다
나는 변한다, 많이는 안 변하지만.
꽃들의 색깔은 햇살 아래서 볼 때와
구름이 지날 때 혹은
밤이 될 때 모두 다르다
꽃들은 기억의 색깔들이다.

하지만 유심히 보는 사람에게는 다 같은 꽃들이다.
그래서 내가 스스로와 동의하지 않는다고 여겨질 때면,
나를 잘 보기를,
내가 오른쪽으로 돌아서 있었다면,
지금 나는 왼쪽으로 돌아서 있다,
그래도 나는 항상 나이고, 내 두 발을 딛고 서 있다 ──
한결같다, 이 세상을 가진 덕분에

E aos meus olhos e ouvidos atentos
E à minha clara contiguidade de alma…

XXX

Se quiserem que eu tenha um misticismo, está bem, tenho-o.
Sou místico, mas só com o corpo.
A minha alma é simples e não pensa.

O meu misticismo é não querer saber.
É viver e não pensar nisso.

Não sei o que é a Natureza: canto-a.
Vivo no cimo dum outeiro
Numa casa caiada e sozinha,
E essa é a minha definição.

XXXI

Se às vezes digo que as flores sorriem
E se eu disser que os rios cantam,
Não é porque eu julgue que há sorrisos nas flores
E cantos no correr dos rios…

또, 주의 깊은 눈과 귀 그리고
내 영혼의 맑은 연속성 덕분에……

30
내가 신비주의를 가지길 원한다면, 그래 좋다, 난 가지고 있다.
나는 신비주의자다, 단, 오로지 몸으로만.
내 영혼은 단순하며 생각을 하지 않는다.

내 신비주의는 알고 싶어 하지 않는 것.
그것은 살면서, 그에 대해 생각하지 않는 것.

자연이 뭔지 나는 모른다: 그걸 노래할 뿐.
나는 언덕 위에 산다
회칠한 외딴집에서,
그리고 그것이 나의 정의다.

31
만약 내가 이따금 꽃들이 미소 짓는다고
또 강들이 노래한다고 말한다면,
그건 내가 꽃들에 미소가 있고
강의 흐름에 노래가 있다고 생각해서는 아니다……

É porque assim faço mais sentir aos homens falsos
A existência verdadeiramente real das flores e dos rios.

Porque escrevo para eles me lerem sacrifico-me às vezes
À sua estupidez de sentidos…
Não concordo comigo mas absolvo-me
Porque não me aceito a sério,
Porque só sou essa cousa odiosa, um intérprete da Natureza,
Porque há homens que não percebem a sua linguagem,
Por ela não ser linguagem nenhuma…

XXXVI
E há poetas que são artistas
E trabalham nos seus versos
Como um carpinteiro nas tábuas!…

Que triste não saber florir!
Ter que pôr verso sobre verso, como quem construi um muro
E ver se está bem, e tirar se não está!…

Quando a única casa certa é a Terra toda
Que varia e está sempre boa e é sempre a mesma.

가짜 인간들에겐 그런 식으로
꽃과 강의 정말로 진실한 존재를 더 느끼게 할 수 있기 때문이다.

나는 그들이 나를 읽으라고 쓰기 때문에 가끔은 희생을 한다
그들의 어리석은 감각에게……
나 스스로와 동의하지는 못해도 나를 용서한다
왜냐하면 난 나를 진지하게 받아들이지 않기에,
왜냐하면 난 그저 이 고약한 것, 자연의 해설자이기에,
그것이 아무 언어가 아니라서
그 언어를 이해하지 못하는 사람들이 있기에……

36
그리고 예술가인 시인들이 있다
그들은 목수가 판자를 다루듯
자기 시구로 작업을 한다……!

꽃피울 줄 모른다는 건 얼마나 슬픈가!
마치 담장을 쌓는 사람처럼, 시구 위에 시구를 쌓아야 하고,
잘 됐는지 살펴보고, 아니면 빼내고……!

온 지구가 유일하게 진짜 집이거늘
다양하며 항상 좋으며 늘 한결같은.

Penso nisto, não como quem pensa, mas como quem não
   pensa,

E olho para as flores e sorrio...

Não sei se elas me compreendem

Nem se eu as compreendo a elas,

Mas sei que a verdade está nelas e em mim

E na nossa comum divindade

De nos deixarmos ir e viver pela Terra

E levar ao colo pelas Estações contentes

E deixar que o vento cante para adormecermos,

E não termos sonhos no nosso sono.

XXXIX

O mistério das cousas, onde está ele?

Onde está ele que não aparece

Pelo menos a mostrar-nos que é mistério?

Que sabe o rio disso e que sabe a árvore?

E eu, que não sou mais do que eles, que sei disso?

Sempre que olho para as cousas e penso no que os homens
   pensam delas,

Rio como um regato que soa fresco numa pedra.

나는 이것을, 생각하는 사람처럼이 아니라, 생각이 없는
　　사람처럼 생각한다.
그리고 꽃들을 보고 미소 짓는다……
그것들이 나를 이해하는지 나는 모른다
내가 그것들을 이해하는지도 모른다,
하지만 진실이 그들 안에 그리고 내 안에 있다는 것
그리고 우리가 **지구**에 거주하고 다니도록 해 주고
계절들의 품에 기쁘게 안겨
바람이 우리를 재우도록 노래하게 해 주는, 또
우리의 잠 속에서 꿈꾸지 않게 해 주는,
우리가 공유하는 신성 안에 있다는 것을 나는 안다.

39
사물의 신비, 그건 어디에 있는가?
나타나지 않는 그것은 대체 어디에 있길래
최소한 뭐가 신비인지 우리에게 보여 주지조차 않는가?
이것에 대해 강은 뭘 알며, 나무는 뭘 아는가?
그리고 나, 그것들 이상도 아닌 나는, 이것에 대해 뭘 아는가?

내가 사물을 보고 사람들이 그에 대해 무슨 생각을 하는지
　　생각할 때마다,
나는 자갈에 부딪혀 청량하게 소리 내는 시냇물처럼 웃는다.

Porque o único sentido oculto das cousas
É elas não terem sentido oculto nenhum.
É mais estranho do que todas as estranhezas
E do que os sonhos de todos os poetas
E os pensamentos de todos os filósofos,
Que as cousas sejam realmente o que parecem ser
E não haja nada que compreender.

Sim, eis o que os meus sentidos aprenderam sozinhos —
As cousas não têm significação: têm existência.
As cousas são o único sentido oculto das cousas.

XL

Passa uma borboleta por diante de mim
E pela primeira vez no universo eu reparo
Que as borboletas não têm cor nem movimento,
Assim como as flores não têm perfume nem cor.
A cor é que tem cor nas asas da borboleta,
No movimento da borboleta o movimento é que se move,
O perfume é que tem perfume no perfume da flor.
A borboleta é apenas borboleta
E a flor é apenas flor.

왜냐하면 사물들의 유일한 숨은 의미는
그것들에 아무런 숨은 의미도 없다는 것이니까.
그 어떤 이상함들보다,
그러니까 모든 시인들의 꿈들과
모든 철학자들의 생각보다 이상한 것은,
사물들이 정말로 보이는 그대로 존재한다는 것
그리고 이해할 거라고는 아무것도 없다는 것.

그래, 이것들이 내 감각들이 혼자서 배운 것들이다 ―
사물들은 의미를 지니지 않는다, 존재를 지닌다.
사물들의 유일한 숨은 의미는 사물들이다.

40
나비 한 마리가 내 앞을 지나간다
우주에서 내가 맨 처음 알아본다
나비들에게는 색깔도 움직임도 없다는 것을,
꽃들에게 향기나 색깔이 없는 것처럼.
색깔은 나비의 날개에 있는 것이고,
나비의 움직임에서 움직임은 움직임,
향기는 꽃향기의 향기.
나비는 그저 나비일 뿐이고
꽃은 그저 꽃일 뿐.

XLIII

Antes o voo da ave, que passa e não deixa rasto,

Que a passagem do animal, que fica lembrada no chão.

A ave passa e esquece, e assim deve ser.

O animal, onde já não está e por isso de nada serve,

Mostra que já esteve, o que não serve para nada.

A recordação é uma traição à Natureza,

Porque a Natureza de ontem não é Natureza.

O que foi não é nada, e lembrar é não ver.

Passa, ave, passa, e ensina-me a passar!

XLIV

Acordo de noite subitamente,

E o meu relógio ocupa a noite toda.

Não sinto a Natureza lá fora.

O meu quarto é uma cousa escura com paredes vagamente brancas.

Lá fora há um sossego como se nada existisse.

Só o relógio prossegue o seu ruído.

E esta pequena cousa de engrenagens que está em cima da
    minha mesa

43
땅에 남아 기억되는, 동물의 자국보다 차라리
지나가도 자취를 남기지 않는 새의 비행을.
새는 지나가고 잊는다, 그리고 그래야만 한다.
동물은, 이미 거기 없고 그래서 쓸모가 없어진 곳에다
거기 있었음을 보여 준다, 아무짝에도 쓸모없음을.

기억은 **자연**에 대한 배신,
어제의 **자연**은 **자연**이 아니기에.
지나간 것은 아무것도 아니고, 기억한다는 건 안 보는 것.

지나가라, 새여, 지나가라, 그리고 내게 지나가는 법을
　　　가르쳐 다오!

44
나는 밤중에 갑자기 깨어난다,
내 시계가 온 밤을 채우고 있다.
저 밖에 있는 **자연**을 느끼지 못하겠다.
내 방은 희미한 흰 벽들에 둘러싸인 어두운 무언가.
저 밖에는 아무 존재도 없는 듯한 고요함뿐.
오로지 시계만 계속해서 소리를 낸다.
내 책상 위에 저 태엽으로 만들어진 작은 물건이

Abafa toda a existência da terra e do céu...

Quase que me perco a pensar o que isto significa,

Mas estaco, e sinto-me sorrir na noite com os cantos da boca,

Porque a única cousa que o meu relógio simboliza ou significa

Enchendo com a sua pequenez a noite enorme

É a curiosa sensação de encher a noite enorme

Com a sua pequenez.

XLVI

Deste modo ou daquele modo,

Conforme calha ou não calha,

Podendo às vezes dizer o que penso,

E outras vezes dizendo-o mal e com misturas,

Vou escrevendo os meus versos sem querer,

Como se escrever não fosse uma cousa feita de gestos,

Como se escrever fosse uma cousa que me acontecesse

Como dar-me o sol de fora.

Procuro dizer o que sinto

Sem pensar em que o sinto.

Procuro encostar as palavras à ideia

E não precisar dum corredor

하늘과 땅의 모든 존재를 잠식한다……
이것의 의미를 생각하다 거의 나를 잃을 뻔한다,
그러나 불현듯 멈추어, 한밤중에 입가에 미소를 느낀다,
왜냐하면 내 시계가 자신의 작음으로 거대한 밤을 채우면서
상징하는 혹은 의미하는 유일한 것은
자신의 작음으로 거대한 밤을 채우는
이 신기한 감각뿐이니까.

46
이렇게 혹은 저렇게,
되면 되는 대로 안 되면 안되는 대로,
가끔은 내 생각대로 말하는 데 성공하며,
때로는 뒤죽박죽 잘못 얘기하며,
나도 모르게 내 시들을 쓴다,
쓴다는 게 마치 행동으로 이루어지지 않은 것처럼,
쓴다는 게 마치 태양이 밖에서 나를 비추는 것처럼
내게 일어나는 일이라는 듯이.

나는 내가 무엇을 느끼는지 생각하지 않으면서
내가 느낀 것을 말하려 한다.
말들이 생각에 기대게 하려 한다.
말 쪽으로 난 생각의

Do pensamento para as palavras.

Nem sempre consigo sentir o que sei que devo sentir.
O meu pensamento só muito devagar atravessa o rio a nado
Porque lhe pesa o fato que os homens o fizeram usar.

Procuro despir-me do que aprendi,
Procuro esquecer-me do modo de lembrar que me ensinaram,
E raspar a tinta com que me pintaram os sentidos,
Desencaixotar as minhas emoções verdadeiras,
Desembrulhar-me e ser eu, não Alberto Caeiro,
Mas um animal humano que a Natureza produziu.

E assim escrevo, querendo sentir a Natureza, nem sequer como
    um homem,
Mas como quem sente a Natureza, e mais nada.
E assim escrevo, ora bem, ora mal,
Ora acertando com o que quero dizer, ora errando,
Caindo aqui, levantando-me acolá,
Mas indo sempre no meu caminho como um cego teimoso.

복도가 필요 없도록.

내가 느껴야 함을 아는 걸 항상 느낄 수 있는 건 아니다.
내 생각은 굉장히 느리게 강을 건너 헤엄친다.
사람들이 그에게 입으라고 지어 준 옷의 무게 때문에.

나는 내가 배운 것을 벗어 버리려 노력한다,
나는 내게 가르쳐 준 기억의 방식을 잊으려 하고,
나의 감각들에 칠해진 물감을 긁어내려 하고,
나의 진짜 감정들을 열어젖히고,
나의 포장을 풀어 버리고 나라는 존재가 되려 한다,
    알베르투 카에이루가 아닌,
자연이 생산해 낸 인간적인 동물인 나.

그리고 그렇게 나는 **자연**을 느끼기를 바라며 쓴다,
    인간으로서도 아니고,
그저 **자연**을 느끼는 누군가로서, 그 이상도 아닌.
그리고 그렇게 나는 쓴다, 때로는 잘, 때로는 서툴게,
때로는 하려던 말을 정확하게, 때로는 빗나가며,
여기서는 넘어지고, 저기서는 일어나며,
하지만 늘 고집 센 장님처럼 나의 길을 가며.

Ainda assim, sou alguém.

Sou o Descobridor da Natureza.

Sou o Argonauta das sensações verdadeiras.

Trago ao Universo um novo Universo

Porque trago ao Universo ele-próprio.

Isto sinto e isto escrevo

Perfeitamente sabedor e sem que não veja

Que são cinco horas do amanhecer

E que o sol, que ainda não mostrou a cabeça

Por cima do muro do horizonte,

Ainda assim já se lhe vêem as pontas dos dedos

Agarrando o cimo do muro

Do horizonte cheio de montes baixos.

XLVII

Num dia excessivamente nítido,

Dia em que dava a vontade de ter trabalhado muito

Para nele não trabalhar nada,

Entrevi, como uma estrada por entre as árvores,

O que talvez seja o Grande Segredo,

Aquele Grande Mistério de que os poetas falsos falam.

그럼에도 불구하고, 나는 누군가다.
나는 **자연의 발견자**다.
나는 진짜 감각들의 **모험가**다.
나는 이 우주에 새로운 우주를 가져온다.
왜냐하면 나는 우주에 스스로를 가져오기 때문에.

이것을 나는 느끼고 또 쓴다
완벽히 알고 있고 놓치는 일 없이
가령 지금이 새벽 5시임을
또, 태양이 아직 수평선 담 위로
머리를 드러내지는 않았지만,
낮은 언덕들로 가득한 수평선
담 끝을 손가락 끝으로
움켜쥐는 모습을.

47
맑디맑은 어느 날,
그날만큼은 아무 일도 안 할 수 있도록
많이 일해 두었으면 싶은 그런 날,
나무들 사이로 길을 보듯이, 나는 보았다,
어쩌면 **위대한 비밀**일지도 모를,
가짜 시인들이 말하는 그 **위대한 신비**를.

Vi que não há Natureza,

Que Natureza não existe,

Que há montes, vales, planícies,

Que há árvores, flores, ervas,

Que há rios e pedras,

Mas que não há um todo a que isso pertença,

Que um conjunto real e verdadeiro

É uma doença das nossas ideias.

A Natureza é partes sem um todo.

Isto é talvez o tal mistério de que falam.

Foi isto o que sem pensar nem parar,

Acertei que devia ser a verdade

Que todos andam a achar e que não acham,

E que só eu, porque a não fui achar, achei.

XLVIII

Da mais alta janela da minha casa

Com um lenço branco digo adeus

Aos meus versos que partem para a humanidade.

나는 **자연**이 없음을 보았다,
자연은 존재하지 않음을,
언덕, 계곡과 평원이 있고,
나무, 꽃, 풀이 있고,
강과 돌이 있음을,
하지만 이 모든 것이 속하는 하나의 전체는 없다,
그러니 실재하는 진정한 총체라는 것은
우리 생각의 병인 것.

자연은 전체가 없는 부분들이다.
아마 이것이 이른바 신비겠지.

바로 이것이 생각 없이 쉼 없이,
내가 진리일 거라고 깨달은 것.
모두가 찾으려 하지만 못 찾는
그래서 오로지 나만 찾은 그것, 왜냐하면 나는 찾으려 하지
　　　않았기에.

48
내 집의 가장 높은 창문에서
흰 손수건을 들고 안녕이라 말한다
인류에게로 떠나는 나의 시들에게.

E não estou alegre nem triste.
Esse é o destino dos versos.
Escrevi-os e devo mostrá-los a todos
Porque não posso fazer o contrário
Como a flor não pode esconder a cor,
Nem o rio esconder que corre,
Nem a árvore esconder que dá fruto.

Ei-los que vão já longe como que na diligência
E eu sem querer sinto pena
Como uma dor no corpo.

Quem sabe quem os lerá?
Quem sabe a que mãos irão?

Flor, colheu-me o meu destino para os olhos.
Árvore, arrancaram-me os frutos para as bocas.
Rio, o destino da minha água era não ficar em mim.
Submeto-me e sinto-me quase alegre,
Quase alegre como quem se cansa de estar triste.

Ide, ide de mim!

나는 기쁘지도 슬프지도 않다.
그것이 내 시들의 갈 길.
난 그것들을 썼고, 모두에게 보여 줘야 한다
왜냐하면 그 반대로는 할 수 없으니까
마치 꽃이 자기 색깔을 숨길 수 없듯이,
강이 흐르는 것을 숨길 수 없고,
나무가 열매 맺는 걸 숨길 수 없듯이.

저기 이미 멀리서, 마차를 타고 가듯 가 버리는데
나는 마치 몸의 통증처럼
나도 모를 안타까움을 느낀다.

저것들이 누구에게 읽힐지 누가 알랴?
저것들이 누구 손에 닿을지 누가 알랴?

꽃, 나는 보여지기 위하여 내 운명에게 꺾였다.
나무, 내 열매들은 입에 먹히기 위해 따졌다.
강, 내 물은 내 안에 머무를 운명이 아니었다.
나는 몸을 내맡기고는 거의 기쁘다시피 한다,
슬프기도 지친 사람마냥 그렇게 거의 기쁘게.

가 버리길, 내게서 가 버리길!

Passa a árvore e fica dispersa pela Natureza.

Murcha a flor e o seu pó dura sempre.

Corre o rio e entra no mar e a sua água é sempre a que foi sua.

Passo e fico, como o Universo.

XLIX

Meto-me para dentro, e fecho a janela.

Trazem o candeeiro e dão as boas-noites,

E a minha voz contente dá as boas-noites.

Oxalá a minha vida seja sempre isto:

O dia cheio de sol, ou suave de chuva,

Ou tempestuoso como se acabasse o mundo,

A tarde suave e os ranchos que passam

Fitados com interesse da janela,

O último olhar amigo dado ao sossego das árvores,

E depois, fechada a janela, o candeeiro aceso,

Sem ler nada, nem pensar em nada, nem dormir,

Sentir a vida correr por mim como um rio por seu leito,

E lá fora um grande silêncio como um deus que dorme.

나무는 때가 지나면 **자연**으로 흩어진다.
꽃은 시들고 그 가루만 영원히 남는다.
강은 흘러 바다로 들어가고 그 물은 언제나 스스로로
　　남는다.

우주처럼, 나는 지나가고 또 머무른다.

49
나는 안으로 들어와, 창문을 닫는다.
그들은 등잔불을 들고 와 잘 자라는 인사를 한다,
나도 기쁜 목소리로 잘 자라고 말한다.
부디 내 삶이 언제나 이런 것이길,
햇살 가득한, 혹은 비로 잔잔한,
아니면 세상이 끝날 것 같은 폭풍으로,
은은한 오후, 지나가는 무리를
창문에서 호기심으로 뚫어져라 쳐다보는,
마지막 정겨운 눈길을 나무들의 고요에 던지는,
그리고 그다음, 창문은 닫히고, 등잔불은 켜지고,
아무것도 읽지 않고, 아무것도 생각하지 않고, 잠도 자지
　　않고,
강이 강기슭을 지나듯, 인생이 나를 흐르는 걸 느끼기,
그리고 저 바깥에는 신이 잠든 듯한 엄청난 적막.

O PASTOR AMOROSO

I

Quando eu não te tinha
Amava a Natureza como um monge calmo a Cristo…
Agora amo a Natureza
Como um monge calmo à Virgem Maria,
Religiosamente, a meu modo, como dantes,
Mas de outra maneira mais comovida e próxima.
Vejo melhor os rios quando vou contigo
Pelos campos até à beira dos rios;
Sentado a teu lado reparando nas nuvens
Reparo nelas melhor…
Tu não me tiraste a Natureza…
Tu não me mudaste a Natureza…
Trouxeste-me a Natureza para ao pé de mim.
Por tu existires vejo-a melhor, mas a mesma,
Por tu me amares, amo-a do mesmo modo, mas mais,
Por tu me escolheres para te ter e te amar,
Os meus olhos fitaram-na mais demoradamente
Sobre todas as cousas.

Não me arrependo do que fui outrora

사랑의 목동

1
네가 없었을 때 나는
평온한 수도사가 그리스도를 사랑하듯 자연을 사랑했지……
지금도 나는 자연을 사랑해
평온한 수도사가 성모마리아를 사랑하듯
종교적으로, 내 식대로, 예전처럼,
하지만 더 진실하고 친근한 다른 방식으로.
들판을 따라 강변까지
너와 함께 거닐면 강들을 더 잘 볼 수 있지,
너의 곁에 앉아 구름들을 보면서
조금 더 잘 보면서……
너는 내게서 자연을 가져가지 않았어……
너는 내게서 자연을 바꾸지 않았어……
자연을 바로 내 앞으로 가져왔어.
네가 존재하기에 나는 그것을 더 잘 보지, 하지만 똑같이,
네가 나를 사랑하기에 나는 그것을 똑같은 방식으로
        사랑하지, 하지만 더,
네가 너를 가지고 사랑하도록 나를 선택했기에,
내 두 눈은 더 오래 머물지
모든 것들 위에.

나는 옛날의 나를 후회하지는 않아

Porque ainda o sou.

Só me arrependo de outrora te não ter amado.

6-7-1914

III

Agora que sinto amor

Tenho interesse nos perfumes.

Nunca antes me interessou que uma flor tivesse cheiro.

Agora sinto o perfume das flores como se visse uma coisa nova.

Sei bem que elas cheiravam, como sei que existia.

São coisas que se sabem por fora.

Mas agora sei com a respiração da parte de trás da cabeça.

Hoje as flores sabem-me bem num paladar que se cheira.

Hoje às vezes acordo e cheiro antes de ver.

23-7-1930

V

O amor é uma companhia.

Já não sei andar só pelos caminhos,

여전히 그게 나이기에.
단지 옛날에 널 사랑하지 않은 것만 후회돼.

(1914년 7월 6일)

3
이제 사랑을 느끼노라니
향기들에 관심이 가는구나.
전에는 꽃에 향기가 있다는 것에 관심을 가져 본 적이 없는데.
지금은 마치 새로운 것을 보듯 꽃들의 향기를 느끼네.
나도 그것들이 향기를 뿜고 있었음을, 존재했음을 알듯이 잘
　　안다.
그것은 우리가 겉으로 아는 것들.
하지만 이제는 뒤통수 어딘가에서 호흡으로 알지.
이제는 꽃들이 내뿜는 향기 맛이 좋아.
이제는 가끔 보기도 전에 잠에서 깨어나 향기를 맡곤 해.

(1930년 7월 23일)

5
사랑이란 하나의 동행.
이제는 혼자 길을 걸을 줄 모르겠어,

Porque já não posso andar só.

Um pensamento visível faz-me andar mais depressa

E ver menos, e ao mesmo tempo gostar bem de ir vendo tudo.

Mesmo a ausência dela é uma coisa que está comigo.

E eu gosto tanto dela que não sei como a desejar.

Se a não vejo, imagino-a e sou forte como as árvores altas.

Mas se a vejo tremo, não sei o que é feito do que sinto na
ausência dela.

Todo eu sou qualquer força que me abandona.

Toda a realidade olha para mim como um girassol com a cara
dela no meio.

10-7-1930

더 이상 혼자 다닐 수가 없어서.

어떤 선명한 생각이 나를 더 급히 걷도록

더 적게 보도록 만들고, 동시에 걸으며 보는 모든 걸
　　좋아하게 만든다.

그녀의 부재조차 나와 함께하는 그 무언가이다.

그리고 난, 그녀를 너무 좋아해서 어떻게 욕망해야 할지도
　　모르겠다.

그녀를 보지 못하면, 그녀를 상상하고 나는 높은
　　나무들처럼 강하다.

하지만 그녀가 떠는 걸 볼 때면, 그녀의 부재를 느끼는 내게
　　무슨 일이 생겼는지 모르겠다.

나의 전체가 나를 버리는 어떤 힘.

모든 현실이 한복판에 얼굴이 있는 해바라기처럼 나를
　　처다본다.

(1930년 7월 10일)

POEMAS INCONJUNTOS

O que vale a minha vida? No fim (não sei que fim)
Um diz: ganhei trezentos contos,
Outro diz: tive três mil dias de glória,
Outro diz: estive bem com a minha consciência e isso é
bastante...
E eu, se lá aparecerem e me perguntarem o que fiz,
Direi: olhei para as cousas e mais nada.
E por isso trago aqui o Universo dentro da algibeira.
E se Deus me perguntar: e o que viste tu nas cousas?
Respondo: apenas as cousas... Tu não puseste lá mais nada.
E Deus, que apesar de tudo é esperto, fará de mim uma nova
espécie de santo.

17-9-1914

엮이지 않은 시들

"내 인생은 어떤 가치가"

내 인생은 어떤 가치가 있을까? 최후에 (어떤 최후인지는
　　모르겠지만)
누군가는 말한다, 300콘투[2]를 벌었다고,
다른 이는 말한다, 3000일의 영광을 누렸다고,
다른 이는 말한다, 양심적으로 잘 살았고 그걸로
　　충분하다고……
그리고 나, 만일 나에게로 와서 뭘 했느냐 묻는다면,
이렇게 말하리라, 나는 사물을 바라보았고 그게 다라고.
그래서 여기 호주머니 속에 우주를 가지고 왔다고.
그리고 만약 신이 내게, 사물 속에서는 뭘 봤느냐 묻는다면
나는 대답하겠지, 그저 사물들을요…… 당신은 거기에 뭔가
　　더 넣지 않았잖아요.
그러면, 어쨌든 현명한 신은, 나를 가지고 새로운 종류의
　　성인을 만들어 내겠지.

(1914년 9월 17일)

A espantosa realidade das coisas
É a minha descoberta de todos os dias.
Cada coisa é o que é,
E é difícil explicar a alguém quanto isso me alegra,
E quanto isso me basta.

Basta existir para se ser completo.

Tenho escrito bastantes poemas.
Hei-de escrever muitos mais, naturalmente.
Cada poema meu diz isto,
E todos os meus poemas são diferentes,
Porque cada coisa que há é uma maneira de dizer isto.

Às vezes ponho-me a olhar para uma pedra.
Não me ponho a pensar se ela sente.
Não me perco a chamar-lhe minha irmã.
Mas gosto dela por ela ser uma pedra,
Gosto dela porque ela não sente nada,

"사물들의 경이로운 진실"

사물들의 경이로운 진실
이것이 내가 매일 하는 발견.
저마다 있는 그대로의 그것,
이것이 나를 얼마나 기쁘게 하는지 누군가에게 설명하기란
    어렵다,
이것만으로 얼마나 충분한지도.

완전해지려면 존재하는 것만으로 충분하다.

나는 제법 많은 시들을 썼다.
당연히, 훨씬 더 많이 쓸 게 틀림없다.
모든 시들이 내게 그 말을 한다.
그리고 내 모든 시들은 다르다,
존재하는 것들은 저마다 그걸 말하는 방식이 있기에.

가끔은 돌 하나를 바라보기 시작한다.
그것이 느끼는가를 생각하지는 않는다.
그것을 굳이 나의 누이라 부르는 오류를 범하지도 않는다.
대신 나는 그것이 돌로 존재해서 좋다,
그것이 아무것도 느끼지 않아서 좋다,

Gosto dela porque ela não tem parentesco nenhum comigo.

Outras vezes oiço passar o vento,
E acho que só para ouvir passar o vento vale a pena ter nascido.

Eu não sei o que é que os outros pensarão lendo isto;
Mas acho que isto deve estar bem porque o penso sem esforço
Nem ideia de outras pessoas a ouvir-me pensar;
Porque o penso sem pensamentos,
Porque o digo como as minhas palavras o dizem.

Uma vez chamaram-me poeta materialista,
E eu admirei-me, porque não julgava
Que se me pudesse chamar qualquer coisa.
Eu nem sequer sou poeta: vejo.
Se o que escrevo tem valor, não sou eu que o tenho:
O valor está ali, nos meus versos.
Tudo isso é absolutamente independente da minha vontade.

7-11-1915

그것이 나와 아무런 혈연관계도 없어서 좋다.

때로는 바람이 지나가는 걸 듣는다,
그리고 생각한다, 바람이 지나가는 걸 듣는 것만으로도
　　태어날만한 가치가 있구나.

다른 사람들이 이것을 읽으면서 무슨 생각을 할지 난
　　모르겠다,
하지만 이 말이 맞다고 본다 억지스런 노력은 물론이고
다른 사람들이 내 생각을 듣는다는 상상 없이, 내가 생각한
　　거니까
나는 그걸 생각들 없이 생각하니까,
나는 그걸 내 단어들이 말하듯 말하니까.

한번은 누가 나를 유물론자 시인이라고 불렀다,
나는 감탄했다, 한 번도 나를
무언가로 부를 수 있을 거라 생각해 보지 않았기에.
나는 시인도 아니다, 단지 볼 뿐.
내가 쓰는 것에 가치가 있다면, 그걸 가진 건 내가 아니다.
가치는 거기에 있다, 내 시들 속에.
이 모든 것이 나의 의지와 완벽하게 독립적이다.

(1915년 11월 7일)

107

Quando tornar a vir a primavera
Talvez já não me encontre no mundo.

Gostava agora de poder julgar que a primavera é gente
Para poder supor que ela choraria,
Vendo que perdera o seu único amigo.
Mas a primavera nem sequer é uma coisa:
É uma maneira de dizer.
Nem mesmo as flores tornam, ou as folhas verdes.
Há novas flores, novas folhas verdes.
Há outros dias suaves.
Nada torna, nada se repete, porque tudo é real.

7-11-1915

"봄이 다시 오면"

봄이 다시 오면
어쩌면 난 더 이상 이 세상에 없을지도 몰라.
이 순간 난 봄을 사람으로 여기고 싶어,
그녀가 자기의 유일한 친구를 잃은 걸 보고
우는 모습을 상상하려고.
하지만 봄은 심지어 어떤 것조차 아니지,
그것은 말을 하는 방식일 뿐.
꽃들도, 초록색 잎사귀들도 돌아오지 않아.
새로운 꽃, 새로운 초록색 잎사귀들이 있는 거지.
또 다른 포근한 날들이 오는 거지.
아무것도 돌아오지 않고, 아무것도 반복되지 않아, 모든
　　것이 진짜니까.

(1915년 11월 7일)

Se eu morrer novo,

Sem poder publicar livro nenhum,

Sem ver a cara que têm os meus versos em letra impressa,

Peço que, se se quiserem ralar por minha causa,

Que não se ralem.

Se assim aconteceu, assim está certo.

Mesmo que os meus versos nunca sejam impressos,

Eles lá terão a sua beleza, se forem belos.

Mas eles não podem ser belos e ficar por imprimir,

Porque as raízes podem estar debaixo da terra

Mas as flores florescem ao ar livre e à vista.

Tem que ser assim por força. Nada o pode impedir.

Se eu morrer muito novo, oiçam isto:

Nunca fui senão uma criança que brincava.

Fui gentio como o sol e a água,

De uma religião universal que só os homens não têm.

Fui feliz porque não pedi coisa nenhuma,

Nem procurei achar nada,

"만약 내가 일찍 죽는다면"

만약 내가 일찍 죽는다면,
책 한 권 출판되지 못하고,
내 시구들이 인쇄된 모양이 어떤 건지 보지도 못한다면,
내 사정을 염려하려는 이들에게 부탁한다,
염려 말라고.
그런 일이 생겼다면, 그게 맞는 거다.

나의 시가 출판되지 못하더라도,
그것들이 아름답다면, 아름다움은 거기 있으리.
하지만, 아름다우면서 인쇄되지 못한다는 건 있을 수 없다,
뿌리들이야 땅 밑에 있을 수 있어도
꽃들은 공기 중에서 그리고 눈앞에서 피는 거니까.
필연적으로 그래야만 한다. 아무것도 그걸 막을 수 없다.

만약 내가 너무 일찍 죽는다면, 이 얘기를 들어 다오.
나는 그저 노닐던 어린아이일 뿐이었다고.
나는 태양과 물처럼 이교도라서,
인간들만 못 가진 보편적인 종교를 가졌다고.
아무것도 요구하지 않았기에 행복했고,
아무것도 찾으려 애쓰지 않았고,

Nem achei que houvesse mais explicação
Que a palavra explicação não ter sentido nenhum.

Não desejei senão estar ao sol ou à chuva —
Ao sol quando havia sol
E à chuva quando estava chovendo
(E nunca a outra coisa),
Sentir calor e frio e vento,
E não ir mais longe.

Uma vez amei, julguei que me amariam,
Mas não fui amado.
Não fui amado pela única grande razão —
Porque não tinha que ser.

Consolei-me voltando ao sol e à chuva,
E sentando-me outra vez à porta de casa.
Os campos, afinal, não são tão verdes para os que são amados
Como para os que o não são.
Sentir é estar distraído.

7-11-1915

설명이라는 말이 아무런 의미도 없다는 것
이상의 설명이 있다고 생각하지 않았다고.

나는 해나 비 아래 있는 것 외에는 바란 게 없었다 —
해가 있을 때는 해를
비가 올 때는 비를 바라고,
(다른 것들은 전혀)
더위와 추위와 바람을 느끼길,
그리고 더 멀리 가지 않기를.

나도 한 번은 사랑을 했지, 날 사랑하리라고도 생각했지,
그러나 사랑받지는 못했지.
꼭 받아야만 하는 법은 없다는
유일한 큰 이유 때문에 사랑받지 못했지.

나는 해와 비에게로 돌아와 나를 위로했어,
집 문간에 다시 앉아서.
초원도, 결국, 사랑받는 이들한테는 그렇게 초록이 아니더라
사랑받지 못하는 이들한테만큼은.
느낀다는 것은 산만하다는 것.

(1915년 11월 7일)

Se, depois de eu morrer, quiserem escrever a minha biografia,
Não há nada mais simples.

Tem só duas datas — a da minha nascença e a da minha
    morte.
Entre uma e outra cousa todos os dias são meus.

Sou fácil de definir.
Vi como um danado.
Amei as coisas sem sentimentalidade nenhuma.
Nunca tive um desejo que não pudesse realizar, porque nunca
    ceguei.
Mesmo ouvir nunca foi para mim senão um acompanhamento
    de ver.
Compreendi que as coisas são reais e todas diferentes umas das
    outras;
Compreendi isto com os olhos, nunca com o pensamento.
Compreender isto com o pensamento seria achá-las todas
    iguais.

Um dia deu-me o sono como a qualquer criança.

"만약, 내가 죽은 후에"

만약, 내가 죽은 후에, 내 전기를 쓰고 싶다면,
그보다 더 간단한 일도 없다.
두 개의 날짜밖에 없다 — 내가 태어난 날 그리고 내가 죽은
　　　날.
이 둘 사이에 모든 날들은 나의 것들.

나는 정의하기 쉬운 사람.
나는 저주받은 사람처럼 보았다.
나는 모든 것들을 한 치의 감상 없이 사랑했다.
나는 이루지 못할 욕망은 한 번도 가진 적 없다, 한 번도
　　　눈이 멀지 않았으므로.
나에게는 청각도 시각의 동반자 이상인 적이 한 번도
　　　없었다.
나는 사물들이 진짜라는 것과 서로 다르다는 것을
　　　깨달았다,
나는 절대적으로 생각이 아닌, 눈으로 이를 깨달았다.
이를 생각으로 깨닫는다는 건 모든 걸 똑같이 보는
　　　것이리라.

어느 날 어린아이가 된 것처럼 졸음이 쏟아졌다.

Fechei os olhos e dormi.

Além disso, fui o único poeta da Natureza.

8-11-1915

나는 눈을 감고 잠이 들었다.
이것을 제외한다면, 나는 유일한 **자연**의 시인이었다.

(1915년 11월 8일)

Nunca sei como é que se pode achar um poente triste.

Só se é por um poente não ser uma madrugada.

Mas se ele é um poente, como é que ele havia de ser uma
madrugada?

8-11-1915

"어떻게 일몰을 슬프다고"

어떻게 일몰을 슬프다고 생각할 수 있는지 이해해 본 적이
　　없다.
일몰이 일출이 아니라는 이유 말고는 없겠지.
하지만 그게 일몰이라면, 무슨 수로 일출일 수 있단 말인가?

(1915년 11월 8일)

A manhã raia. Não: a manhã não raia.

A manhã é uma cousa abstracta, está, não é uma cousa.

Começamos a ver o sol, a esta hora, aqui.

Se o sol matutino dando nas árvores é belo,

É tão belo se chamarmos à manhã «começarmos a ver o sol»

Como o é se lhe chamarmos a manhã;

Por isso não há vantagem em pôr nomes errados às cousas,

Nem mesmo em lhes pôr nomes alguns.

21-5-1917

"아침이 밝아 온다"

아침이 밝아 온다. 아니, 아침은 밝아 오지 않는다.
아침은 추상적인 것, 상태이지, 어떤 것이 아니다.
우리는 태양을 보기 시작한다, 지금 여기 이 시간에.
아침 태양이 나무에 비치는 것이 아름답다면,
아침을 "태양을 보기 시작함"이라 부르는 것도
아침이라 부르는 것만큼이나 아름답다.
그래서 사물에 틀린 이름을 붙이는 것에는 장점이 없다,
이름을 붙이는 것 자체도.

(1917년 5월 21일)

Verdade, mentira, certeza, incerteza…
Aquele cego ali na estrada também conhece estas palavras.
Estou sentado num degrau alto e tenho as mãos apertadas
Sobre o mais alto dos joelhos cruzados.
Bem: verdade, mentira, certeza, incerteza o que são?
O cego pára na estrada,
Desliguei as mãos de cima do joelho.
Verdade, mentira, certeza, incerteza são as mesmas?
Qualquer cousa mudou numa parte da realidade — os meus
joelhos e as minhas mãos.
Qual é a ciência que tem conhecimento para isto?
O cego continua o seu caminho e eu não faço mais gestos.
Já não é a mesma hora, nem a mesma gente, nem nada igual.
Ser real é isto.

12-4-1919

"진실, 거짓, 확실성, 불확실성"

진실, 거짓, 확실성, 불확실성……
길에 있는 저 장님도 이런 단어들을 알고 있다.
나는 계단 높이 앉아 두 손을
더 높이 꼰 무릎에 포개고 있다.
좋아: 진실, 거짓, 확실성, 불확실성이 뭐지?
장님이 길을 가다 멈춰 선다,
나는 무릎 위의 두 손을 푼다.
진실, 거짓, 확실성, 불확실성은 똑같은 걸까?
현실의 한 부분에서 무언가 변했다 ─ 내 무릎들과 내
　　손들이.
이것을 설명해 줄 지식을 갖춘 과학은 뭘까?
장님은 자기 갈 길을 계속 가고 나는 더 이상 동작을 취하지
　　않는다.
이제 이미 같은 시간도 아니고, 같은 인간들도 아니고,
　　아무것도 같지 않다.
진짜가 된다는 것은 이런 것이다.

(1919년 4월 12일)

Não basta abrir a janela

Para ver os campos e o rio.

Não é bastante não ser cego

Para ver as árvores e as flores.

É preciso também não ter filosofia nenhuma.

Com filosofia não há árvores: há ideias apenas.

Há só cada um de nós, como uma cave.

Há só uma janela fechada, e todo o mundo lá fora;

E um sonho do que se poderia ver se a janela se abrisse,

Que nunca é o que se vê quando se abre a janela.

Abril de 1923

"들판들과 강을 보기 위해서는"

들판들과 강을 보기 위해서는
창문을 여는 것만으로 충분하지 않다.
나무들과 꽃들을 보기 위해서는
장님이 아닌 것만으로는 충분하지 않다.
아무런 철학을 가지지 않는 것 또한 필요하다.
철학을 가지면 나무라는 것도 없다: 그저 관념만 있을 뿐.
오로지 우리 각자만 존재한다, 마치 동굴처럼.
닫힌 창문 하나뿐, 온 세상은 저 바깥에 있다,
그리고 창문이 열린다면 볼 수 있을 것에 관한 꿈,
그건 막상 창을 열 때 보이는 것이 절대 아니다.

(1923년 4월)

Gosto do céu porque não creio que ele seja infinito.

Que pode ter comigo o que não começa nem acaba?

Não creio no infinito, não creio na eternidade.

Creio que o espaço começa algures e algures acaba

E que longe e atrás disso há absolutamente nada.

Creio que o tempo tem um princípio e terá um fim,

E que antes e depois disso não havia tempo.

Por que há-de ser isto falso? Falso é falar de infinitos

Como se soubéssemos o que são de os podermos entender.

Não: tudo é uma quantidade de cousas.

Tudo é definido, tudo é limitado, tudo é cousas.

"나는 하늘이 좋다"

나는 하늘이 좋다 그것이 무한하진 않을테니까.
시작도 끝도 없는 거라면 나와 무슨 상관이 있을 수 있겠나?
나는 무한을 믿지 않고, 영원도 믿지 않는다.
공간이 어디선가 시작해 어디선가 끝난다고 생각하고
그 아래와 그 너머에는 아무것도 없다고 생각한다.
시간도 어떤 원칙이 있고 끝이 있을 거라고,
그전과 후에는 시간이 없을 거라고 생각한다.
이게 어째서 거짓이겠는가? 거짓은 오히려 무한에 대해
　　말하는 것이다
마치 우리가 그게 뭔지 아는 양, 혹은 이해할 수 있다는
　　듯이.
아니다. 모든 것은 사물들의 양이다.
모든 것은 유한하고, 모든 것은 한계가 있고, 모든 것은
　　사물들이다.

Também sei fazer conjecturas.

Há em cada coisa aquilo que ela é que a anima.

Na planta está por fora e é uma ninfa pequena.

No animal é um ser interior longínquo.

No homem é a alma que vive com ele e é já ele.

Nos deuses tem o mesmo tamanho

E o mesmo espaço que o corpo

E é a mesma coisa que o corpo.

Por isso se diz que os deuses nunca morrem.

Por isso os deuses não têm corpo e alma

Mas só corpo e são perfeitos.

O corpo é que lhes é alma

E têm a consciência na própria carne divina.

7-5-1922

"나도 추측할 줄 안다"

리카르두 레이스에게

나도 추측할 줄 안다.
모든 것에는 그것에 생기를 주는 무언가가 있지.
식물에게는 그게 바깥에 있는 작은 요정.
동물에게는 동떨어진 내부의 어떤 존재.
사람에게는 그와 함께 사는 영혼이자 이미 그인 존재.
신들에게는 그들과 같은 크기를 지녔고
육체와 같은 공간을 차지하고
육체와 다를 바 없는 어떤 것이지.
그래서 신들은 절대 죽지 않는다고들 하지.
그래서 신들은 육체와 영혼이 없고
오로지 육체만 있고, 완벽하지.
그들에게는 육체가 곧 영혼이고
신적인 육체 그 안에 의식을 갖고 있지.

(1922년 5월 7일)

(ditado pelo poeta no dia da sua morte)

É talvez o último dia da minha vida.

Saudei o sol, levantando a mão direita,

Mas não o saudei, para lhe dizer adeus.

Fiz sinal de gostar de o ver ainda, mais nada.

"어쩌면 오늘이 내 인생의 마지막 날"

(시인이 죽은 날 남긴 말)

어쩌면 오늘이 내 인생의 마지막 날.
오른손을 들어, 태양에게 인사한다,
하지만 잘 가라고 말하려고 인사한 건 아니었다.
아직 볼 수 있어서 좋다고 손짓했고, 그게 다였다.

2부

리카르두 레이스 RICARDO REIS

ODES — LIVRO PRIMEIRO

RICARDO REIS

I

Seguro assento na coluna firme

    Dos versos em que fico,

Nem temo o influxo inúmero futuro

    Dos tempos e do olvido;

Que a mente, quando, fixa, em si contempla

    Os reflexos do mundo,

Deles se plasma torna, e à arte o mundo

    Cria, que não a mente.

Assim na placa o externo instante grava

    Seu ser, durando nela.

송시들 —첫 번째 책

리카르두 레이스

I

"굳건한 기둥에 나를"

나로 남을 시들의
　　　굳건한 기둥에 나는 단단히 앉는다,
망각과 시간들의
　　　끝없는 미래의 쇄도도 두렵지 않다,
정신이 그 안에서 집중해,
　　　세계의 투영들을 사색할 때,
그것들은 혈장으로 변한다, 그리고 세계가 예술을
　　　창조하지, 정신은 아니다.
바로 그런 식으로 찰나의 외부는 자신을 비석에 새긴다,
　　　그 안에 존속하면서.

II

As rosas amo dos jardins de Adónis,

Essas volucres amo, Lídia, rosas,

      Que em o dia em que nascem,

      Em esse dia morrem.

A luz para elas é eterna, porque

Nascem nascido já o sol, e acabam

      Antes que Apolo deixe

      O seu curso visível.

Assim façamos nossa vida *um dia,*

Inscientes, Lídia, voluntariamente

      Que há noite antes e após

      O pouco que duramos.

II

"아도니스의 정원의 꽃들을"

아도니스의 정원의 꽃들을 나는 사랑해,
리디아, 그 하루살이들도 사랑해, 장미들,
　　　태어난 그날에,
　　　죽는 그들을.
그들에게는 빛이 영원하지, 왜냐하면
날 때부터 해가 떠 있었고,
　　　아폴로가 눈에 보이는 궤적을
　　　이탈하기 전에 최후를 맞으니.
우리도 그렇게 인생을 **하루**로 만들자,
리디아, 일부러 모르는 채로,
　　　우리가 겪는 그 잠시의
　　　전과 후에 밤이 존재한다는 걸.

V

    Como se cada beijo

    Fora de despedida,

Minha Cloe, beijemo-nos, amando.

    Talvez que já nos toque

    No ombro a mão, que chama

À barca que não vem senão vazia;

    E que no mesmo feixe

    Ata o que mútuos fomos

E a alheia soma universal da vida.

V

"마치 모든 키스가"

마치 모든 키스가
작별 키스인 것처럼,
나의 클로에,[3] 우리 사랑하며 입 맞추자.
어쩌면 그 손은 이미 우리 어깨에
닿았으니, 언제나 빈 채로 오는
나룻배를 부르고 또,
한 다발 속에
우리였던 둘, 그리고 인생 보편의
낯선 총합을 함께 묶어 주는.

VI

O ritmo antigo que há em pés descalços,

Esse ritmo das ninfas repetido,

Quando sob o arvoredo

Batem o som da dança,

Vós na alva praia relembrai, fazendo,

Que 'scura a 'spuma deixa; vós, infantes,

Que inda não tendes cura

De ter cura, reponde

Ruidosa a roda, enquanto arqueia Apolo,

Como um ramo alto, a curva azul que doura,

E a perene maré

Flui, enchente ou vazante.

VI

"맨발의 오래된 리듬"

맨발의 오래된 리듬
요정들의 반복되는 이 리듬,
    작은 숲 아래서
    그들이 춤 소리 두드릴 때,
백사장의 너희는 기억하기를,
거품이 어떤 어둠을 남기는지, 어린 너희들
    아직 치유책을 가질
    치유가 없는 너희는, 제자리에 놓기를
요란한 바퀴를, 아폴론이 높은 나뭇가지처럼
금빛의 푸른 곡선을 구부릴 동안,
    그리고 영원한 조수가
    밀려온다, 밀물 혹은 썰물.

IX

Coroai-me de rosas,

Coroai-me em verdade

    De rosas —

Rosas que se apagam

Em fronte a apagar-se

    Tão cedo!

Coroai-me de rosas

E de folhas breves.

    E basta.

IX
"내게 장미관을 씌워 주오"

내게 장미관을 씌워 주오,
진실로 내게 씌워 주오
　　　장미관을 ─
시드는 장미들
면전에서 그토록 일찍
　　　시들어 가는!
내게 장미관을 씌워 주오
또, 짧은 잎사귀들로도
　　　그리고 거기까지.

XII

A flor que és, não a que dás, eu quero.

Por que me negas o que te não peço?

    Tempo há para negares

    Depois de teres dado.

Flor, sê-me flor! Se te colher avaro

A mão da infausta esfinge, tu perene

    Sombra errarás absurda,

    Buscando o que não deste.

XII

"너라는 꽃을, 나는 원해"

너라는 꽃을 나는 원해, 네가 주는 꽃 말고.
네게 요구하지도 않은 걸 너는 왜 거부하니?
　　　거부할 시간은 있어
　　　준 다음에는 말야.
꽃, 내게 꽃이 되어 다오! 불길한 스핑크스의 손이
너를 욕심스럽게 딴다면, 영원한 그림자
　　　너는 어리석게 배회할 거야,
　　　네가 주지 않은 것을 찾아다니며.

XIII

Olho os campos, Neera,

Campos, campos, e sofro

Já o frio da sombra

Em que não terei olhos.

A caveira antessinto

Que serei não sentindo,

Ou só quanto o que ignoro

Me incógnito ministre.

E menos ao instante

Choro, que a mim futuro,

Súbdito ausente e nulo

Do universal destino.

25-12-1923

XIII

"나는 들판을 바라본다, 네에라여"

나는 들판을 바라본다, 네에라여,
들판들, 들판들을, 그런데 나는 벌써
고통스러워 내가 볼 눈도 없을
그늘의 추위가.
내가 되어 있을 그 무감각한
두개골을 예감해,
혹은 내가 모르는 만큼
내게 익명으로 하사하는 것을.
나는 내 미래보다
찰나에 대해 덜 울지,
보편적인 운명을 진
텅 빈 하찮은 예속자.

(1923년 12월 25일)

OUTRAS ODES

Vem sentar-te comigo, Lídia, à beira do rio.
Sossegadamente fitemos o seu curso e aprendamos
Que a vida passa, e não estamos de mãos enlaçadas.
        (Enlacemos as mãos.)
Depois pensemos, crianças adultas, que a vida
Passa e não fica, nada deixa e nunca regressa,
Vai para um mar muito longe, para ao pé do Fado,
        Mais longe que os deuses.
Desenlacemos as mãos, porque não vale a pena cansarmo-nos.
Quer gozemos, quer não gozemos, passamos como o rio.
Mais vale saber passar silenciosamente
        E sem desassossegos grandes.
Sem amores, nem ódios, nem paixões que levantam a voz,
Nem invejas que dão movimento de mais aos olhos,
Nem cuidados, porque se os tivesse o rio sempre correria,
        E sempre iria ter ao mar.
Amemo-nos tranquilamente, pensando que podíamos,
Se quiséssemos, trocar beijos e abraços e carícias,

다른 송시들

"이리로 와서 내 곁에 앉아, 리디아"

이리로 와서 내 곁에 앉아, 리디아, 강변에.
조용히 그 물길을 바라보면서 깨닫자
인생이 흘러감을, 그리고 우리가 손깍지를 끼지 않았음을.
      (우리, 깍지를 끼자)
그러고 나서 생각하자, 어른스런 아이들로서, 인생이
흘러가고 멈추지 않음을, 아무것도 남기지 않고 다시는
      돌아오지 않음을,
멀고 먼 바다로 향하는 것을, 운명 가까이,
      신들보다 더 멀리.
깍지를 풀자, 우리 지칠 필요는 없으니.
우리가 즐기든, 즐기지 않든, 우리는 강처럼 흘러간다.
고요히 흐를 줄 아는 편이 낫지
      커다란 불안들 없이.
사랑들 없이, 증오들 없이, 목소리를 높이는 열정들 없이도,
두 눈을 쉴 없이 굴리게 하는 질투들 없이도,
조심함 없이도, 그게 있다 해도 강은 항상 흐를 테고,
      언제나 바다를 향해 갈 테니.
평온하게 서로를 사랑하자, 우리가 원했다면
키스하고 포옹하고 어루만질 수도 있음을 생각하면서,

Mas que mais vale estarmos sentados ao pé um do outro
Ouvindo correr o rio e vendo-o.
Colhamos flores, pega tu nelas e deixa-as
No colo, e que o seu perfume suavize o momento ——
Este momento em que sossegadamente não cremos em nada,
Pagãos inocentes da decadência.
Ao menos, se for sombra antes, lembrar-te-ás de mim depois
Sem que a minha lembrança te arda ou te fira ou te mova,
Porque nunca enlaçamos as mãos, nem nos beijamos
Nem fomos mais do que crianças.
E se antes do que eu levares o óbolo ao barqueiro sombrio,
Eu nada terei que sofrer ao lembrar-me de ti.
Ser-me-ás suave à memória lembrando-te assim —— à beira-rio,
Pagã triste e com flores no regaço.

12-6-1914

하지만 그보다 나은 건 서로의 곁에 앉아서
　　　강이 흐르는 걸 듣고, 또 바라보는 거란 걸.
우리 꽃을 따자, 너는 받아서 무르팍에
놓아둬, 향기가 그 순간을 감미롭게 하도록 ──
우리가 평온하게 아무것도 믿지 않는 이 순간
　　　타락하는 천진한 이교도들.
적어도, 내가 먼저 그림자가 된다면, 너는 나중에라도 날
　　기억하겠지
내 기억이 너를 타오르게 하거나 상처 주거나 감동시키는 일
　　없이,
왜냐하면 한 번도 깍지를 낀 적도, 키스한 적도 없고,
　　　어린아이들 이상은 아니었으니까.
네가 나보다 먼저 저 음울한 뱃사공에게 은화를 건네기
　　전에,
너를 기억하며 내가 고통스러울 일은 없을 거야.
너는 내 기억에서 달콤할 거야, 너를 이렇게 기억할
　　때면 ── 강변에서,
　　　무릎에 꽃을 둔 슬픈 이교도.

(1914년 6월 12일)

151

OS JOGADORES DE XADREZ

Ouvi dizer que outrora, quando a Pérsia
    Tinha não sei qual guerra,
Quando a invasão ardia na Cidade
    E as mulheres gritavam,
Dois jogadores de xadrez jogavam
    O seu jogo contínuo.

À sombra de ampla árvore fitavam
    O tabuleiro antigo,
E, ao lado de cada um, esperando os seus
    Momentos mais folgados,
Quando havia movido a pedra, e agora
    Esperava o adversário,
Um púcaro com vinho refrescava
    A sua sóbria sede.

Ardiam casas, saqueadas eram
    As arcas e as paredes,
Violadas, as mulheres eram postas
    Contra os muros caídos,

체스를 두는 사람들

이런 이야기를 들었다 옛날에, 페르시아가
      이름 모를 어느 전쟁을 치를 적에,
도시 안이 외적의 침입으로 들끓고,
      여자들이 비명을 지르고 있을 때,
두 명의 기사(碁士)들이 체스를 두고 있었고
      그들의 경기는 계속되었다.

커다란 나무 그림자 아래서
      낡은 체스판 위에 시선을 고정한 채,
두 사람 곁에는 각각
      말을 하나 움직인 다음, 이번에는
상대방을 기다리는,
      각자의 가장 한가한 순간을 기다리는
와인을 담은 잔이 있어
      드문드문 갈증을 축여 주었다.

집들은 불타고, 금고와
      성벽들은 약탈당하고,
여자들은 유린당해 무너진
      담벼락을 등진 채 버려져,

Trespassadas de lanças, as crianças

    Eram sangues nas ruas…

Mas onde estavam, perto da cidade,

    E longe do seu ruído,

Os jogadores de xadrez jogavam

    O jogo do xadrez.

Inda que nas mensagens do ermo vento

    Lhes viessem os gritos,

E, ao reflectir, soubessem com acerto

    Que por certo as mulheres

E as tenras filhas violadas eram

    Nessa distância próxima,

Inda que, no momento que o pensavam,

    Uma sombra ligeira

Lhes passasse na fronte alheada e vaga,

    Breve seus olhos calmos

Volviam sua atenta confiança

    Ao tabuleiro velho.

Quando o rei de marfim está em perigo,

창이 몸을 관통해 버렸고, 아이들은
　　　　길거리에서 피로 흥건했으나……
그들이 있는 곳에서, 그 도시로부터 가까이,
　　　　그 소음으로부터는 멀리,
두 기사는 두고 있었다
　　　　체스 게임을.

아무리 적막한 바람의 메시지 속에
　　　　그 비명들이 그들에게 도달하고,
또, 반추해 봤을 때,
　　　　유린당한 여자들과
온순한 딸들이 의심할 여지 없이
　　　　이 가까운 거리에 있다는 걸
분명하게 알아차렸다 한들,
　　　　아무리, 생각을 하던 그 순간에
옅은 그림자 하나가
　　　　그들의 소홀하고 희미한 이마를 스쳐 지나갔다 한들,
그들의 차분한 눈동자는 곧
　　　　주의 깊은 확신으로 되돌아오곤 했다
낡은 체스판에로.

상아로 된 왕이 위험에 처한 마당에,

Que importa a carne e o osso
Das irmãs e das mães e das crianças?

Quando a torre não cobre
A retirada da rainha branca,
O saque pouco importa.
E quando a mão confiada leva o xeque
Ao rei do adversário,
Pouco pesa na alma que lá longe
Estejam morrendo filhos.

Mesmo que, de repente, sobre o muro
Surja a sanhuda face
Dum guerreiro invasor, e breve deva
Em sangue ali cair
O jogador solene de xadrez,
O momento antes desse
É ainda entregue ao jogo predilecto
Dos grandes indif' rentes.

Caiam cidades, sofram povos, cesse
A liberdade e a vida,

자매들과 엄마들 그리고 아이들의
피와 살이 무슨 대수랴?

성(城)이 흰 여왕의 퇴각을
    엄호해 주지 못하는데,
약탈 같은 건 대수롭지 않다.
    그리고 자신만만한 손이 상대방 왕에게
'체크'를 부르려는 순간에는,
    저 멀리서 자식들이 죽어 가는 것도
별로 영혼을 짓누르지 못한다.

갑자기, 방어벽을 넘어,
    침입한 전사의 성난 얼굴이 나타나고
곧 저기 피 속에 쓰러질 것임에도
    엄숙한 체스 기사는,
그 순간 직전까지도
    위대한 무심함으로
총애하는 경기에
    몰두해 있다.

도시들이 무너지건, 민중들이 고통받건,
    자유와 삶이 중지되건,

Os haveres tranquilos e avitos
Ardam e que se arranquem,
Mas quando a guerra os jogos interrompa,
Esteja o rei sem xeque,
E o de marfim peão mais avançado
Pronto a comprar a torre.

Meus irmãos em amarmos Epicuro
E o entendermos mais
De acordo com nós próprios que com ele,
Aprendamos na história
Dos calmos jogadores de xadrez
Como passar a vida.

Tudo o que é sério pouco nos importe,
O grave pouco pese,
O natural impulso dos instintos
Que ceda ao inútil gozo
(Sob a sombra tranquila do arvoredo)
De jogar um bom jogo.

O que levamos desta vida inútil

무사했던 선조들의 재산이야
　　　불타고 뿌리째 뽑히라지
단, 경기가 전쟁에 중단된다면,
　　　왕은 체크 상태가 아닐 것,
그리고 가장 멀리 나간 상아로 된 졸(卒)은
　　　성(城)을 만회하기 직전일 것.

에피쿠로스를 사랑하지만,
　　　그의 가르침보다는 우리 식대로
그를 더 잘 이해하는 나의 형제들아,
　　　이 차분한 두 체스 기사들의
이야기 속에서 인생을
　　　어떻게 보내야 할지 배우자.

진지한 것들은 전부 우리와 별 상관이 없게,
　　　심각한 것은 무겁지 않게.
본능들의 자연스러운 충동이
　　　근사한 게임을 두고자 하는
(한가로운 나무 그림자 아래)
　　　무용한 쾌감에 양보를 하게.

이 부질없는 인생에서 우리가 가져가는

Tanto vale se é
A glória, a fama, o amor, a ciência, a vida,
Como se fosse apenas
A memória de um jogo bem jogado
E uma partida ganha
A um jogador melhor.

A glória pesa como um fardo rico,
A fama como a febre,
O amor cansa, porque é a sério e busca,
A ciência nunca encontra,
E a vida passa e dói porque o conhece...
O jogo do xadrez
Prende a alma toda, mas, perdido, pouco
Pesa, pois não é nada.

Ah, sob as sombras que sem qu'rer nos amam,
Com um púcaro de vinho
Ao lado, e atentos só à inútil faina
Do jogo do xadrez,
Mesmo que o jogo seja apenas sonho
E não haja parceiro,

무엇이든 마찬가지
영광, 명예, 사랑, 과학, 삶이든,
　　그래 봐야 기껏
잘 둔 체스 한 판의 기억
　　또, 나보다 잘 두는 기사를 이긴
　　한 번의 시합만 못하지.

영광은 풍성한 짐짝처럼 무게가 나가며,
　　명예는 열병 같고,
사랑은 지치고 진지하게 찾아다니기에
　　과학은 영영 발견할 수 없고,
삶은 그걸 알기에 지나가고 고통스럽다……
　　체스 놀이도
온 영혼을 붙들어 둔다, 단, 져도, 무겁지는
　　않다, 결국 아무것도 아니니까.

아! 원치도 않는데 우리를 사랑하는 그림자 아래,
　　와인이 담긴 잔을 옆에 두고서
이 부질없는 노고
　　체스 경기에 여념이 없네,
이 경기가 그저 꿈일 뿐이라도
　　그리고 상대방이 없다 하더라도,

Imitemos os persas desta história,

    E, enquanto lá por fora,

Ou perto ou longe, a guerra e a pátria e a vida

    Chamam por nós, deixemos

Que em vão nos chamem, cada um de nós

    Sob as sombras amigas

Sonhando, ele os parceiros, e o xadrez

    A sua indiferença.

1-6-1916

우리 이 이야기 속 페르시아인들을 따라 하자,
     그리고, 저 밖에서
혹은 가깝든 멀든 간에, 전쟁과 조국과 삶이
     우리를 부를 때, 그들이
우리를 부르는 데 실패하도록 내버려 두자, 우리 각자
     정겨운 그림자 아래 꿈을 꾸면서,
서로 상대방을, 체스는
     그 무심함을.

                              (1916년 6월 1일)

Prefiro rosas, meu amor, à pátria,

E antes magnólias amo

Que fama e que virtude.

Logo que a vida me não canse, deixo

Que a vida por mim passe

Logo que eu fique o mesmo.

Que importa àquele a quem já nada importa

Que um perca e outro vença,

Se a aurora raia sempre,

Se cada ano com a primavera

Aparecem as folhas

E com o outono cessam?

E o resto, as outras cousas que os humanos

Acrescentam à vida,

Que me aumentam na alma?

Nada, salvo o desejo de indif'rença

E a confiança mole

Na hora fugitiva.

1-6-1916

"나는 조국보다 장미를 선호해"

나는 조국보다 장미를 선호해, 나의 사랑아,
　　그리고 영광이나 미덕보다
　　차라리 목련을 사랑해.
인생에 지치지 않는 한은, 그냥 놔둘 거야
　　인생이 나를 지나치도록
　　내가 변치 않는 한은.
아무래도 좋은 이에게 무슨 상관이겠어
　　누가 지고 누가 이기든,
　　서광은 변함없이 비추고,
매해 봄이 될 때마다
　　잎사귀들이 나타나고
　　가을이 되면 시드는데?
그리고 나머지, 인간들이 인생에다
　　보태는 것들,
　　내 영혼에 무슨 보탬이 되겠어?
아무것도 없어, 무관심에 대한 욕망
　　그리고 달아나는 시간의
　　게으른 확신 말고는.

(1916년 6월 1일)

Sofro, Lídia, do medo do destino.

A leve pedra que um momento ergue

As lisas rodas do meu carro, aterra

     Meu coração.

Tudo quanto me ameace de mudar-me

Para melhor que seja, odeio e fujo.

Deixem-me os deuses minha vida sempre

     Sem renovar

Meus dias, mas que um passe e outro passe

Ficando eu sempre quase o mesmo, indo

Para a velhice como um dia entra

     No anoitecer.

                      26-5-1917

"고통스러워, 리디아"

고통스러워, 리디아, 운명에 대한 두려움 때문에.
내 자동차의 부드러운 바퀴들을
한순간 들어 일으키는 가벼운 조약돌이, 나의
　　　심장을 무섭게 하네.
나를 바꾸려 위협하는 그 모든 것
나아지는 것이라 해도, 나는 증오하고 피해 다녀.
신들이 나의 인생을 항상
　　　새로움 없이 그냥 두길
나의 날들이, 하루가 지나고 또 하루가 지나도
나를 거의 한결같은 사람으로 머물게 하기를,
하루가 어스름으로 저물 듯이 노년에
　　　이르도록.

(1917년 5월 26일)

Já sobre a fronte vá se me acinzenta
O cabelo do jovem que perdi.

    Meus olhos brilham menos.

Já não tem jus a beijos minha boca.
Se me ainda amas, por amor não ames:

    Traíras-me comigo.

        13-6-1926

"나의 허무한 이마 위로 벌써 희끗하다"

나의 허무한 이마 위로 벌써 희끗하다
잃어버린 젊은이의 머리카락.
　　　내 두 눈도 덜 반짝인다.
내 입은 더 이상 키스할 권리도 없다.
아직도 나를 사랑한다면, 사랑 때문에 사랑하지는 말기를,
　　　나를 데리고 바람 피우는 꼴이 될 테니.

(1926년 6월 13일)

Não só quem nos odeia ou nos inveja

Nos limita e oprime; quem nos ama

    Não menos nos limita.

Que os Deuses me concedam que, despido

De afectos, tenha a fria liberdade

    Dos píncaros sem nada.

Quem quer pouco, tem tudo; quem quer nada

É livre; quem não tem, e não deseja,

    Homem, é igual aos Deuses.

1-11-1930

"우리를 증오하고 질투하는 자만"

우리를 증오하고 질투하는 자만 우리를
제한하고 억누르는 건 아니야, 우리를 사랑하는 사람이라고
　　　덜 제한하지는 않지.
신들이 허용하기를, 내가 정을
벗어던지고, 맨몸으로 정점의
　　　차가운 자유를 가지도록.
적은 걸 원하는 자는, 모든 걸 가지지. 아무것도 원하지 않는
　　　자는
자유롭지. 아무것도 없고, 또 욕망하지도 않는 자
　　　그는, 신들과 다름이 없지.

　　　　　　　　　　　　　　　　(1930년 11월 1일)

Lídia, ignoramos. Somos estrangeiros
Onde quer que moremos. Tudo é alheio
   Nem fala língua nossa.
Façamos de nós mesmos o retiro
Onde esconder-nos, tímidos do insulto
   Do tumulto do mundo.
Que quer o amor mais que não ser dos outros?
Como um segredo dicto nos mistérios,
   Seja sacro por nosso.

9-6-1932

"리디아, 우리는 모른다"

리디아, 우리는 모른다. 우리가 어디에 살든
우리는 외국인이다. 모든 게 낯설고
　　　우리말도 쓰지 않는다.
우리 스스로 은거하자
모욕에 대한 두려움, 세상의 혼잡
　　　으로부터 숨을 곳으로.
남들처럼 되지 않는 것 말고 사랑이 바라는 게 뭘까?
신비 속에 누설된 비밀 하나처럼,
　　　우리에 의해 신성하여라.

(1932년 6월 9일)

Para ser grande, sê inteiro: nada
    Teu exagera ou exclui.
Sê todo em cada coisa. Põe quanto és
    No mínimo que fazes.
Assim em cada lago a lua toda
    Brilha, porque alta vive.

14-2-1933

"위대해지려면, 전부가 되어라"

위대해지려면, 전부가 되어라, 너의 어떤 것도
　　　　과장하거나 제외하지 말고.
매사에 모든 것이 되어라. 네 최소한의
　　　　행동에도 네 전부를 담아라.
그렇게 모든 호수마다 보름달은
　　　　반짝이지, 저 높은 곳에 살아 있으니.

(1933년 2월 14일)

Nada fica de nada. Nada somos.

Um pouco ao sol e ao ar nos atrasamos

Da irrespirável treva que nos pese

      Da húmida terra imposta,

Cadáveres adiados que procriam.

Leis feitas, 'státuas vistas, odes findas ——

Tudo tem cova sua. Se nós, carnes

A que um íntimo sol dá sangue, temos

      Poente, por que não elas?

Somos contos contando contos, nada.

                28-9-1932

"아무것도 남지 않는다"

아무것도 아무것으로 남지 않는다. 우리는 아무것도 아니다.
햇빛과 공기에 우리는 조금 늦을 뿐이다.
축축한 흙의, 우리를 짓누르는
　　　숨 막히는 암흑으로부터,
자식을 낳는 지연된 시체들.

제정된 법들, 눈에 보이는 동상들, 완성된 송시들 ──
모든 것들이 자신만의 무덤을 갖는다. 만약 우리,
내면의 태양이 피를 주는 몸에게, 일몰이
　　　있다면, 그것들에게는 왜 없겠나?
우리는 이야기를 이야기하는 이야기들, 아무것도 아니다.

(1932년 9월 28일)

Quero dos deuses só que me não lembrem.

Serei livre —— sem dita nem desdita,

    Como o vento que é a vida

    Do ar que não é nada.

O ódio e o amor iguais nos buscam; ambos,

Cada um com seu modo, nos oprimem.

    A quem deuses concedem

    Nada, tem liberdade.

"신들에게 유일하게 바라는 건"

신들에게 유일하게 바라는 건 나를 기억하지 못하는 것.
나는 자유로울 거야 — 행운도 불행도 없이,
　　　삶이라는 바람처럼
　　　아무것도 아닌 공기 중에.
증오와 사랑은 똑같이 우리를 찾지, 양쪽 다,
각자 자기 식으로, 우리를 억누르지.
　　　신이 아무것도 베풀지 않는 자
　　　바로 그에게 자유가 있지.

Vivem em nós inúmeros;
Se penso ou sinto, ignoro
Quem é que pensa ou sente.
Sou somente o lugar
Onde se sente ou pensa.

Tenho mais almas que uma.
Há mais eus do que eu mesmo.
Existo todavia
Indiferente a todos.
Faço-os calar: eu falo.

Os impulsos cruzados
Do que sinto ou não sinto
Disputam em quem sou.
Ignoro-os. Nada dictam
A quem me sei: eu escrevo.

13-11-1935

"셀 수 없는 것들이 우리 안에"

셀 수 없는 것들이 우리 안에 산다,
내가 생각하거나 느낄 때면, 나는 모른다
생각하고 느끼는 사람이 누군지.
나는 그저 느끼거나 생각하는
하나의 장소.

나에게는 하나 이상의 영혼이 있다.
나 자신보다 많은 나들이 있다.
그럼에도 나는 존재한다
모든 것에 무심한 채.
그들이 입 다물게 해 놓고, 말은 내가 한다.

내가 느끼거나 느끼지 않는
엇갈리는 충동들이
나라는 사람 안에서 다툰다.
나는 그들을 무시한다. 내가 아는 나에게 그들은
아무것도 불러 주지 않지만, 나는 쓴다.

(1935년 11월 13일)

3부

페르난두 페소아 FERNANDO PESSOA

MENSAGEM

FERNANDO PESSOA

Ulisses

O mito é o nada que é tudo.
O mesmo sol que abre os céus
É um mito brilhante e mudo —
O corpo morto de Deus,
Vivo e desnudo.

Este, que aqui aportou,
Foi por não ser existindo.
Sem existir nos bastou.
Por não ter vindo foi vindo
E nos criou.

Assim a lenda se escorre
A entrar na realidade,
E a fecundá-la decorre.
Em baixo, a vida, metade
De nada, morre.

『메시지』 중 발췌

페르난두 페소아

율리시스

신화란 모든 것이요 아무것도 아닌 것.
하늘을 여는 바로 그 태양도
말없이 빛나는 하나의 신화 —
살아서 벌거벗은
신의 시신.

이곳에 닻을 내린,
존재하지 않아서 존재했던 그.
그의 존재 없이도 우리에게는 충분했다.
오지 않음으로써 왔고
우리를 만들어 냈다.

그렇게 전설은 흘러흘러
현실에 스며들어,
풍요를 낳으며 지나간다.
그 아래에서 인생, 그러니까
무(無)의 절반은, 죽어 간다.

Mar Português

Ó mar salgado, quanto do teu sal
São lágrimas de Portugal!
Por te cruzarmos, quantas mães choraram,
Quantos filhos em vão rezaram!
Quantas noivas ficaram por casar
Para que fosses nosso, ó mar!

Valeu a pena? Tudo vale a pena
Se a alma não é pequena.
Quem quer passar além do Bojador
Tem que passar além da dor.
Deus ao mar o perigo e o abismo deu,
Mas nele é que espelhou o céu.

포르투갈의 바다

오 소금기 바다여, 너의 소금 중 얼마만큼이
포르투갈의 눈물인가?
너를 건너느라, 얼마나 많은 어머니들이 눈물 흘렸으며,
얼마나 많은 자식들이 부질없이 기도했던가!
또 얼마나 많은 신부들이 결국 결혼에 이르지 못했는가
너를 우리 것으로 만드느라, 아 바다여!

그럴 가치가 있었냐고? 모든 것은 가치가 있다
영혼이 작아지지만 않는다면.
보자도르[4] 너머로 가려는 자는
고통의 고개를 넘어야만 한다.
신은 바다에게 위험과 나락을 주었지만
천국을 비춰 준 곳도 바로 그곳이니.

D. Sebastião

'Sperai! Caí no areal e na hora adversa
Que Deus concede aos seus
Para o intervalo em que esteja a alma imersa
Em sonhos que são Deus.

Que importa o areal e a morte e a desventura
Se com Deus me guardei?
É O que eu me sonhei que eterno dura,
É Esse que regressarei.

세바스티앙 왕[5)]

기다려라! 나는 신이 신자들에게 내린
역경의 시기에 모래 위에 쓰러졌다
그 자체가 신인 꿈들 속에서
스미는 영혼이 깃든 틈에.

사막과 죽음과 불행이 다 무엇이냐
신으로써 나를 지켰다면?
영원한 건 내가 꾼 나에 관한 그 꿈,
바로 그것이 다시 돌아올 나.

O Quinto Império

Triste de quem vive em casa,
Contente com o seu lar,
Sem que um sonho, no erguer de asa,
Faça até mais rubra a brasa
Da lareira a abandonar!

Triste de quem é feliz!
Vive porque a vida dura.
Nada na alma lhe diz
Mais que a lição da raiz —
Ter por vida a sepultura.

Eras sobre eras se somem
No tempo que em eras vem.
Ser descontente é ser homem.
Que as forças cegas se domem
Pela visão que a alma tem!

E assim, passados os quatro
Tempos do ser que sonhou,

제5제국

집에 사는 자가 안쓰럽구나,
자기가 가진 난로에 만족해서,
난롯가의 버려질 숯이
더 붉게 타오르도록 펄럭거릴
꿈 하나 없이!

행복해하는 자가 안타깝구나!
그저 생이 지속되기에 살아가는.
영혼의 어떤 것도 그에게
인생을 위해 무덤을 준비하라는
뿌리의 교훈 말고는 해 줄 말이 없으니 —

시대로 다가오는 시간 속에
시대 위에 시대가 포개진다.
불만스럽다는 건 사람이 되어 간다는 것.
영혼이 가진 시각이
눈먼 힘들을 다스리기를!

그리고 그렇게, 꿈꾸던 자의
사계절이 지나고 나면,

A terra será teatro

Do dia claro, que no atro

Da erma noite começou.

Grécia, Roma, Cristandade,

Europa — os quatro se vão

Para onde vai toda idade.

Quem vem viver a verdade

Que morreu D. Sebastião?

21-2-1933

지구는 하나의 극장이 될 것이니
적막한 밤의 어스름 속에
시작된 어느 밝은 날의.

그리스, 로마, 기독교,
유럽 — 네 가지가 모두 간다
다른 모든 시대들이 가는 그곳으로.
세바스티앙 왕이 죽었다는 사실을
살아 내려 올 그 인물은 누구인가?

(1933년 2월 21일)

O Desejado

Onde quer que, entre sombras e dizeres,
Jazas, remoto, sente-te sonhado,
E ergue-te do fundo de não-seres
Para teu novo fado!

Vem, Galaaz com pátria, erguer de novo,
Mas já no auge da suprema prova,
A alma penitente do teu povo
À Eucaristia Nova.

Mestre da Paz, ergue teu gládio ungido,
Excalibur do Fim, em jeito tal
Que sua Luz ao mundo dividido
Revele o Santo Gral!

18-1-1934

염원의 대상

그늘과 소문 사이, 그 어디든,
너는 누운 채로, 멀리 떨어져, 꿈꾸어지고 있음을 느낀다,
비존재들의 심연 속에서
너의 새로운 운명으로 일어난다!

갤러해드6)여 오라, 조국과 함께, 다시 일으켜라
단, 이제는 지고한 시험대의 정점에서,
참회하는 네 민중의 영혼을
새로운 성찬(聖餐)7)에게로.

평화의 주인이시여, 성수를 도유(塗油)한 당신의 검,
최후의 엑스칼리버를 들어 올려, 그 동세의
섬광이 갈라진 세계를 비추어,
성배(聖杯)를 드러내 보여 주도록!

(1934년 1월 18일)

As Ilhas Afortunadas

Que voz vem no som das ondas
Que não é a voz do mar?
É a voz de alguém que nos fala,
Mas que, se escutamos, cala,
Por ter havido escutar.

E só se, meio dormindo,
Sem saber de ouvir ouvimos,
Que ela nos diz a esperança
A que, como uma criança
Dormente, a dormir sorrimos.

São ilhas afortunadas,
São terras sem ter lugar,
Onde o Rei mora esperando.
Mas, se vamos despertando,
Cala a voz, e há só o mar.

(fim)

축복받은 섬들

파도 소리에 들려오는 목소리 중에
바다의 목소리가 아닌 것이 무엇인가?
그것은 우리에게 말을 거는 누군가의 목소리,
그러나 우리가 귀를 기울이면, 입을 다문다,
들으려 했다는 이유로.

오로지 우리가 반쯤 잠든 상태에서,
그녀가 우리에게 희망을 말하는 걸
듣는지도 모르고 들을 때
졸린 어린아이처럼, 잠결에
우리는 미소 짓는다.

그것은 축복받은 섬들,
자리 잡지 못한 땅들,
왕이 기다리며 살아 있는 곳.
단, 우리가 깨우러 가면,
목소리는 그치고, 바다만 남는다.

(1934년 3월 26일)

1) 영어로는 요셉(Joseph).
2) 화폐 단위. 포르투갈에서는 1콘투가 1000에스쿠도스이고, 1에스쿠두는 0.5센트(유로)다.

    1 conto = 1,000 escudos / 1 escudo = 0.50 cent
3) 전원시에 나오는 양 치는 소녀의 이름.
4) 보자도르(Bojador)는 모로코 남딘에 위치한 곳으로 포르투갈의 해외 진출(1415-1570년) 시기에 질 이아네스(Gil Eanes)와 같은 항해사들이 개척한 항해로 중 하나.
5) 세바스티앙 1세(1554-1578)는 포르투갈의 왕으로 모로코 원정에 나섰다가 1578년 알카세르 키비르 전투에서 실종된다.
6) 'Galaaz'(영어로는 Galahad)에서 유래. 아서왕이 원탁의 기사로 임명하고 세상에서 가장 위대하다고 선언한 기사.
7) 성체 성사 또는 성만찬(聖晚餐)으로 새로운 종교의 탄생을 암시하는 듯하다.

시인으로서의 페소아

김한민

페르난두 페소아는 비평, 에세이, 희곡, 정치 평론, 소설, 탐정소설, 영화 시나리오, 광고 카피 등 장르 불문하고 왕성하고 폭넓게 글을 썼지만, 본인은 스스로를 시인으로 여겼다. 일곱 살 때부터 죽기 직전까지 평생 시작(詩作)을 멈춰 본 적이 없으며, 포루투갈 문학사에서도 시인으로 알려진 그였으니 그럴 만도 하다.

그러나 아쉽게도 국내에서는 아직까지 페소아의 시가 거의 소개되지 못했다. 1994년에 페소아의 이명(異名) 시인 알베르투 카에이루(당시 표기는 "알베르또 까에이로")의 시 일부를 모아 번역된 『양치는 목동』이 유일한데, 그나마 절판되어 도서관에서도 찾기 쉽지 않다. 그의 대표 산문집 『불안의 책』의 번역본들이 잇달아 출간되며 페소아에 대한 독자의 관심이 점차 늘어나는 이 시점에, 시인으로서 페소아의 면모를 국내에 소개하는 것은 그래서 충분히 의미 있는 일일 것이다.

대부분의 유고를 미발표나 미완성 원고 형태로 남기고 간 페소아 같은 작가들은 후대에 적잖은 골칫거리를 던져 준다. 원저자의 의도를 곡해한 편집을 하게 될 가능성이 크기 때문이다. 물론 이는 연구자나 편집자에게 상당한 재량과 해석의 여지가 주어짐을 의미하기도 한다. 무려 2000~3000개에 달하는 시를 남긴 페소아의 경우는 어떤 방식으로 시집을 엮을 것인가?

아직 페소아가 광범위하게 알려지지 않은 국내 사정을 감안하면, 포르투갈 현지처럼 여러 권으로 분권해 최대한 많은 시를 담아 내려는 편집 방향보다는 단행본 형태의 대표

시선집이 현실적이겠다.(예외적으로, 이미 폭넓은 페소아 독자층을
확보한 프랑스의 경우, 갈리마르 출판사의 "라 플레야드(La Pléiade)"
시리즈가 성경판 얇은 종이를 써서 상당 분량의 시를 단 한 권의 책
안에 담아내는 데 성공하긴 했지만, 이 역시 '완전'하다 할 수 없으며
여백 없는 빡빡한 편집 때문에 시를 음미하는 감흥이 다소 반감된다는
인상을 받았다.)

대표 시선집의 관건은 무엇보다 시 선정일 것이다. 모든
선집이 그렇듯 주관성에서 완전히 자유로운 선정은 힘들더라도,
옮긴이의 기호에 따른 임의의 목록보다 조금 더 객관성을 갖춘
목록이 낫겠다고 판단되어, 내가 포르투대학교에서 2015년에
진행했던 번역 프로젝트 당시 마련했던 다음과 같은 기준을
근거로 했다.

먼저, 기존에 단행본으로 출간된 시선집들 중 페소아 관련
학계나 출판계에서 권위를 인정받은 학자, 번역자, 작가들의 선집
여덟 권을 추렸다. 절반은 포르투갈어, 나머지 네 권 중 세 권은
외국어(영어 두 권, 스페인어 한 권), 한 권은 포르투갈어/영어
이중 병기(Bilingual)였다.[1] 이들 각 책의 목록들의 교집합을 내는
과정을 거쳐(최소 세 개 판본 이상이 공통적으로 선정한 시를 추리는

---

1) Poesia de Fernando Pessoa, 1945 [2006], Adolfo Casais Monteiro, Editorial
Presenca, Portugal(Portuguese) / Os Melhores Poemas de Fernando Pessoa,
1986 [2014], Teresa Rita Lopes, Editora Global Brazil(Portuguese) / Fernando
Pessoa: Poesias Escolhidas, 1996, Eugenio de Andrade, Campo das Letras,
Portugal(Portuguese) / Antologia Poetica de Fernando Pessoa, 2006, Eduardo
Lourenco, Visao JL, Portugal(Portuguese) / Fernando Pessoa: Selected Poems,
1974 [2000], Jonathan Griffin, Penguin Classic, USA(English) / Poems
of Fernando Pessoa, 2001, Edward Honig, City Lights Publishers,
USA(English) / Antologia Poetica, 1982, Angel Crespo, Espasa Calpe,
Spain(Spanish) / Forever Someone Else, 2008 [2013], Richard Zenith, Assirio
& Alvim, Portugal(Portuguese/English)

식) 약 120편의 시를 뽑았고, 이것이 이 시선집의 뼈대가 되었다.

여기에 약간의 유동성을 허용해 살을 붙였는데, 가령 목록에는 빠졌으나 학문적 가치가 있는 시를 추가하기도 하고, 반대로 학계에서는 관심을 두지 않지만 대중적으로 잘 알려진 시를 포함시키기도 했다. 또 대표 이명 세 명 중 상대적으로 인지도가 떨어지는 리카르두 레이스의 경우, 각 시선집마다 구성이 판이해 공통분모가 적다고 판단해, 별도로 전문가의 자문을 거쳐 시 선정을 마무리했다.

책 구성의 경우, 참조한 여덟 권의 판본들 대부분이 대동소이했다. 페소아의 대표 이명 세 명과 본명 시로 나뉘는 식이었다. 이 책 역시 그 구성을 따랐다. 단 본명 시 중 『시가집』에 해당되는 시들은 '외국문학번역지원사업'(대산문학재단)에 선정된 별도의 책으로 분리하였다. 결과적으로 이 책은 페소아의 본명과 이명을 모두 다루되 이명들에 더 집중하는 책이 되었다.

페소아의 시들은 미완성이 많아 판본마다 시어가 조금씩 다른 경우도 있고, 행간 간격에도 작은 차이들이 있다. 이 책 역시 '완성작'이라 간주할 수 있는 작품들로 구성하기는 했지만, 여전히 작은 차이들이 발생할 수 있어 『또 다른 자아들의 시 (Poesia dos Outros Eus)』(2007, Edição Richard Zenith, Lisboa, Assírio & Alvim [2a ed. 2010])를 최종 기준으로 삼았음을 알린다.

페르난두 페소아(1915년)

「이 책에 관하여」에 기술했듯이, 페르난두 페소아의 시는 아직까지 국내에 거의
소개되지 못했고, 관련된 학술 자료도 많이 부족했다. 본 시선집을 통해 그나마
그의 대표적인 시를 상당수 접할 수 있게 되었으니, 이 후기에서는 시와 관련된
페소아의 텍스트, 전기적 정보 그리고 연구자들의 읽어 볼 만한 의견들을
소개하는 데 집중하기로 한다.

시인, 페소아

> 만약 페소아가 시인이 아니라 화가였다면,
> 그는 어떤 자화상을 그렸을까?
> ── 주제 사라마구

　　페소아에게 시란 무엇이었을까? 이 질문에 대한 답을,
무엇이든 정의 내리기 좋아한 작가 본인에게 직접 구해 보자. 단
주의할 사항이 있다. 그는 하나의 정의가 아니라 여러 정의들을
내리기 좋아한 사람임을 기억하자. 또 있다. 그는 말을 뒤집는 데
거리낌이 없었으며, 자신이 쓴 글들 사이에 모순이 있거나 전혀
다른 의견들이 충돌해도 그대로 내버려 두고는 했고, 특유의
자아비판 감각으로 본인의 생각을 스스로 논박하기를 즐겼다는
점도 말이다. 그 결과로, 페소아가 어떤 주제에 대해 하나의
주장을 펼쳤다고 단정 짓는 독자는, 시인이 남기고 간 산만한
텍스트 더미 속에서 그 주장과 정반대되는 글을 발견하고 당황할
확률이 높다.
　　그렇기는 해도, 그의 생각 조각들을 최대한 끌어모아 보면
시에 대한 그만의 정의를 어렴풋하게나마 파악해 볼 수 있으리라.
먼저 페소아가 남긴 시에 관한 미출판 메모들 중에서 하나
뽑아 보자. 1916년, 한 영국인 편집자에게 보낸 다소 '의인화'된
발상이다.

저는 가끔 시라는 것이 인간, 즉 살아 숨 쉬는
인간이라고 생각합니다 (……) 우리의 상상이 그 인간의
시선을 우리에게 던지는, 다른 세계에 속한 피부로
만져지는 육체적 존재, 미적 현실의 불완전한 그림자에
불과하지만, 또 다른 어딘가에서는 신적인 존재. (1966A,
126쪽)

이 말을 페소아의 아리스토텔레스 해석과 함께 읽어 보면
공명하는 부분이 있다.

감각주의의 세 가지 관점. 첫째로 예술이 궁극의
구축물이고, 그래서 위대한 예술은 하나의 전체를
시각화하고 창조할 수 있다는 것, 그래서 모든 요소가
각자의 자리에 필수적으로 꼭 맞게 되어 있다는 것.
아리스토텔레스가 시란 한 마리의 "동물"이라고 말했을
때, 그는 이 위대한 원리를 표현했던 것이다. (2009, 155쪽)

반면 다른 텍스트들에서는 음악성을 강조한 추상화된 발상이
눈에 띈다.

시란 지성화된 인상 또는 감정으로 변환시킨 생각으로,
리듬이라는 매개를 통해 타인에게 소통되는 것이다
(……) 예술 작품이란 본질적으로 주관화된 인상에 대한
객관화된 해석이다. (1966A, 177쪽)

유사한 생각은 그의 미완성 산문집 『에로스트라투스』에서도
발견되는데, 이번에는 음악적 요소에 시각적 차원도 추가된다.

시는 생각에 대한 음악적 그림이다. 시를 이해함으로써

우리는 자유로이 원하는 걸 보고 들을 수 있게 된다. 이와
비교했을 때 조각, 회화, 노래와 교향곡은 폭군적이라 할
수 있다. 우리는 시에서, 시가 뭘 원하는지를 알아야 하긴
하지만, 우리가 느끼고 싶은 걸 느끼면 된다. (1966, 224쪽)

페소아의 이명 시인 리카르두 레이스도 비슷한 의견이다.

시는 생각을 통해 리듬으로 표현된 감정이다.
시도 음악처럼 하나의 표현이지만, 생각의 매개 없이
직접적이다. 시에 음악을 부여한다는 것은 감정을
두드러지게 하고, 리듬을 강화하는 것이다. (1966, 73쪽)

그러나 다른 구절에서 레이스는 더 만족스런 대답을 찾으려는
듯 주저한다.

시는 감정을 통해 생각을 말로 투영하는 것이다.
감정은 시의 기초가 아니고, 생각이 말로 축소되기 위해
사용되는 매개일 뿐이다. (2003A, 207쪽)

자유시를 고집하는 또 다른 이명 시인 알바루 드 캄푸스는
레이스에게 다른 화두를 던진다. 바로 음악적 리듬과 언어의 양립
불가능성이다.

모든 것은 산문이다. 시란 리듬이 인위적인 형태의
산문이다. (……) 하지만 혹자는 물으리라, 왜 인위적인
리듬을 지녀야 하느냐고? 대답: 왜냐하면 격한 감정은
언어와 맞지 않기 때문이다. (2003A, 216쪽)

캄푸스는 시가 노래하는 행동으로 이루어진다는 관념은

받아들이지만, 시인이 시가 비음악적인 상태를 유지하도록 그
음악성을 인위적으로 가공해야 한다고 생각한다. 그의 결론은
간결하다.

> 음악 없이 노래하는 것, 그것이 바로 시다. 바로 그
> 이유로, 위대한 서정 시인들 (서정이라는 말을 광의로 썼을
> 때)은 음악화가 불가능하다. 그들이 음악적인데 그것이
> 어떻게 가능하겠는가? (1996A, 391쪽)

음악이 기초이고, 언어는 도구라고 생각하는 레이스는
반박한다.

> 그러나 나로 말할 것 같으면, 시란 우리가 생각, 즉 말로
> 만드는 음악이라고 말하겠다. (1996A, 391쪽)

그렇다면 시란 악기가 아닌 말로 연주한 음악인 것인가?
만약에 '준-이명' 베르나르두 수아르스가 이 논쟁에 참여했다면,
아마도 캄푸스의 의견 쪽으로 기울었을 것이다. 수아르스는
리듬과 음악성에 덜 구속받기 때문에 산문을 선택한 작가다.

> 내가 산문을 운문보다 선호하는 데는 두 가지 이유가
> 있는데, 첫 번째는 지극히 개인적이다. 나는 시를 쓸
> 능력이 없기 때문이니, 실은 선택의 여지도 없었다. 두
> 번째 이유는 누구에게나 적용되는 것인데, 단지 첫 번째
> 이유의 변형된 형태나 그림자는 아니라고 본다. 이것은 좀
> 더 자세하게 들여다볼 가치가 있는데, 이것이 모든 예술적
> 가치의 본질을 건드리기 때문이다.
> 나는 시가 음악과 시를 매개하는 단계라고 본다.
> 음악과 마찬가지로 시는 운율의 법칙에 구속되는데,

이것이 엄격한 음보의 법칙은 아니어도, 여전히 점검, 제한 그리고 검열과 억압의 자동적인 메커니즘으로 존재한다. 반면 산문에서 우리는 자유롭게 말할 수 있다. 우리는 음악적 리듬을 도입할 수 있으면서, 여전히 사고도 가능하다. 우리는 시적인 리듬을 포함시키면서, 여전히 그 바깥에 머무를 수도 있다. 간헐적인 시의 리듬이 산문을 방해하지는 않지만, 간헐적인 산문의 리듬은 시를 통째로 망가뜨릴 수 있다.

산문은 모든 예술을 아우르는데, 그것은 일정 부분은 언어가 세계 전체를 포함하기 때문이며, 또한 제한받지 않는 언어란 말하기와 생각하기의 모든 가능성을 포함하기 때문이기도 하다. (……) 확신컨대, 완벽한 문명 세계에 산문 이외의 다른 예술은 없을 것이다. (2002, 227쪽)

이러한 생각의 편린들을 따라가다 보면, 페소아가 우리를 이끌고 가려는 방향을 눈치채게 된다. "페소아는 예술의 가치를 긍정할 때 본질적으로 언어, 그중에서도 시를 생각한다. 그가 '미학'이라고 이름 붙인 메모들이 시의 가치를 긍정하는 것을 중심으로 하고, 그 예로 시를 꼽는 방식에서 이 점이 드러난다. 페소아에게 미학 프로젝트란, 무엇보다 시학에 대한 연구였다." (파트리시우, 2012, 20쪽).

미학이든 시학이든, 페소아는 분야를 가리지 않고 사변과 이론 만들기를 즐겨서 수많은 철학적 에세이를 남겼다. 그러나 그에게 이러한 추상적 탐구의 궁극적인 목적은 이론의 정립에 있다기보다 대상을 철학적으로 규정해 보는 과정에서 열리는 새로운 사유의 공간, 그리고 그로 인해 가능해지는 새로운 시에의 모색이었다.

1 포르투갈의 새로운 시

귀화

아버지의 죽음(1893) 이후 페소아는 더반 주재 영사와 재혼한
어머니를 따라 1896년, 리스본을 떠나 남아프리카공화국으로
향한다. 그곳에서 영국식 교육을 받으며, 새뮤얼 콜리지, 로버트
브라우닝, 윌리엄 워즈워스와 같은 영국 낭만주의 시인들을
탐독하는데, 초기에는 존 키츠(1795-1821)에 대한 편애가
두드러진다. "「나이팅게일에 바치는 송가」를 썼고, 「그리스
항아리에 부치는 노래」를 쓴, 가슴 미어지는 아름다움의
비시간성(untimeness)과 같은 생각을 그만큼 인간적으로 표현하는
사람을 절대 나쁘게 생각할 수 없다."(1966, 331쪽) 이 시기에
받은 영향을 논할 때 그에게 문학적 이상으로 깊이 각인된
셰익스피어와 밀턴의 작품들, 그리고 개인적으로 가장 즐겼던
「피크위크 페이퍼」는 빠질 수 없다. 정작 아프리카 대륙으로부터
직접 받은 영향은, 「리마의 어느 저녁」이라는 시에서 지극히
단편적으로만 보일 뿐 거의 발견되지 않는다.

열여덟 살이 될 때까지 그는 문학청년으로서 모국어인
포르투갈어보다 영어를 통해 그만의 언어 감각을 계발했다.
"1904년 12월, 페소아는 중간 교양 시험을 봤고, 나탈 지역에서
가장 높은 점수를 받았다. 이는 그가 영국의 옥스퍼드나
케임브리지에서 유학할 수 있는 정부 장학금을 받게 해 줄 수
있음을 의미했다. (……) 그러나 그 조건을 충족하기 위해서는
나탈에서 4년 연속으로 거주해야 했다. 그는 1901년에서 1902년
사이 가족들과 한 리스본 여행 때문에 자격을 상실했다."(2006,
17쪽, 리처드 제니스의 「서문」 중에서) 아마 어린 시절에 이 유학이
성사되었더라면 그는 영국 시인, 아니 영어 시인이 되었을 것이다.
그러나 다른 길을 택해야 했기에, 1905년 고향 리스본으로
돌아가는 배에서 그는 이제부터 어떤 언어로 쓸 것인지를

진지하게 고민해야 했다.

리스본에 돌아오자마자 페소아는 문학과 철학을 공부하기 위해 리스본대학교에 입학하지만, 불과 2년 만에 학업을 중단한다. 건강상의 문제, 약한 동기 부여 그리고 주앙 프랑쿠 총리의 독재 체제에 항의하는 학생 파업 등 여러 요인이 겹쳐져서 내린 결정이었으리라. 하지만 페소아가 공부 자체를 멈춘 것은 아니었다. 교실보다는 도서관이, 커리큘럼보다는 독학이 체질에 더 맞았을 뿐이다. 이 시기에 특히 심취해 있던 월트 휘트먼은 장차 이명 시인들을 탄생시키는 데 큰 영향을 끼친다. 그의 독서 범위는 영미 문학에 국한되지 않았다. 퇴역 장교이자 시인이었던 그의 의붓삼촌 엔리케 도스 산투스 로사 "대령"은, 페소아를 포르투갈 시, 특히 낭만주의와 상징주의 시의 세계로 안내했다.

1907년에 페소아는 미국 상업 정보 회사인 R.G. Dun & Company에서 인턴으로 근무했고, 1911년부터 1912년 사이에는 세계 문학 전집의 번역 프로젝트에 참여하기도 했다. 그의 탁월한 번역 실력은 담당자, 즉 런던 소재 출판사의 편집자에게 강한 인상을 남겨 그가 페소아에게 영국에 와서 거주하면서 번역 작업을 마무리해 달라고 초청하기에 이른다. 그러나 흥미롭게도 이번에는 페소아가 제안을 고사하고 포르투갈에 남기를 선택한다. 무슨 이유로 그랬던 것일까? 어릴 때부터 페소아가 열망한 것이 바로 영어로 시를 쓰는 시인으로 역사에 남는 것이었는데 영국에 갈 절호의 기회를 마다하다니? 어쩌면 그의 인생에서 가장 결정적이라 할 이 '선택'의 이유는 알려지지 않았다. 혹자는 그가 모국어에 대한 높은 충성도 때문에 포르투갈 시인으로 남기로 마음먹었다고 주장한다. 그의 인생을 돌아보면, 그가 포르투갈어를 빛내고 국가적 차원의 문예 부흥이 도래하도록 하는 (스스로 부여한) 임무를 항상 의식하고 살았고, 마치 이 미션을 수행하러 태어난 사람처럼 행동한 것은 분명해 보인다. 영국의 시적 전통에 진 빚이 잘 드러나는 「키츠에게」라는

시를 쓴 1908년은, 흥미롭게도 그가 영어로 시 쓰기를 (잠시)
중단하는 해이자, 포르투갈어로 쓰기 시작한 '언어적 독립'이
시작되는 시기이기도 하다.

> 나는 이제 문학예술의 근본 원리들에 대해 충분한
> 깨달음에 이르렀다. 셰익스피어도 나에게 미묘함을 가르칠
> 수 없고, 밀턴도 내게 완성도를 가르칠 수 없다. (1974, 76쪽)

당당한 그의 목소리에서 시인으로서의 성장은 물론, 영국식
문학에 대한 우월감과 독립에 대한 강한 자신감이 드러난다.
어디에 살았든, 어떤 언어로 썼든 페소아는 뛰어난 시인이
되었을 것이다. 그러나 포르투갈 문학의 입장에서 보면,
페소아가 1908년에서 1914년 사이에 리스본에 남기로 한 결정은
천만다행한 일이 아닐 수 없다.

비평가로서의 데뷔

페소아는 시인이 아니라 비평가로서 처음 포르투갈 문학계에
데뷔한다. 1912년에 그는 포르투에 기반을 둔 문학잡지
《아기아》에 처음 기고하는데, 이는 당시 가장 주목받는 문인으로
떠오르던 "향수주의"의 주창자 테이셰이라 드 파스코아이스(1877-
1952)가 이끌던 매체였다. 페소아는 기고문 「포르투갈의 새로운
시」에서 포르투갈의 새로운 시를 위한 세 가지 핵심 요소로
"모호함, 미묘함, 복잡함"을 꼽았다. 글의 주된 분석 대상은
프랑스 문학, 그중에서도 말라르메, 베를렌, 랭보 등의 프랑스
상징주의 시인들과 1909년에서 1912년까지 페소아가 집중적으로
읽었던 모리스 마테를링크(1862-1949), 그리고 파스코아이스 같은
포르투갈 향수주의 시인들이었다. 젊은 비평가 페소아의 논조는
대담하고 날카롭고 신중한 동시에 도발적이기도 했다. 정교하게
연출된 데뷔작이었지만, 당대 포르투갈 문학에 대한 비판적

논조는 누가 봐도 명백했다. 대중에게 전혀 알려지지 않았던 이 젊은 비평가는 "초-카몽이스(Super-Camões)"라는 존재의 도래에 대한 야심 찬 전망을 밝혔는데, 그 주인공이 다름 아닌 자기 자신을 가리키고 있음을 짐작하기는 그리 어려운 일이 아니었다. 훗날 페소아가 친구 주앙 가스파르 시몽이스에게 보낸 편지(1931년 12월 11일)에서 보듯이, 페소아는 '대선배' 시인 루이스 드 카몽이스를 무조건적으로 추앙하지는 않았다.

> 나는 카몽이스(서사에 있어서, 서정시 말고)에게 많은 외경심을 가지고 있지만, 내가 쉽게 영향을 받는 사람인데도 불구하고, 카몽이스적인 요소가 하나라도 내게 영향을 준 적이 있는지는 모르겠어 (……) 카몽이스가 내게 가르쳐 준 게 있다면, 그건 다른 이들에게 이미 배운 것들이지. (1980, 75쪽)

당시 《아기아》의 편집자 중 한 명이었던 알바루 핀투는 페소아의 기고글을 직접 받아 본 장본인이었는데, 그는 페소아의 글이 독자들에게 "강렬한 인상을 남기면서, 엇갈리는 반응을 불러일으켰고 (……) 특히 중견 작가와 시인들이 날카로운 거부감을 보였는데, 이는 초-카몽이스의 도래에 관한 선언 때문이었다."(시몽이스, 1950, 161쪽)고 회고한다. 페소아의 이러한 도전적인 태도는 《아기아》와 파스코아이스와의 관계를 냉랭하게 만든다. 특기할 만한 사항은, 파스코아이스를 포함한 향수주의자들과 거리를 두는 시기가 이명 알베르투 카에이루가 탄생한 연도(1914년)와 일치한다는 점이다.

파스코아이스는 아마도 포르투갈 시인 중 젊은 시절 페소아에게 가장 영향을 많이 끼친 인물 중 하나일 것이다. 그는 페소아보다 열한 살 연상이었으나 이미 주요 작품들이 모두 출판되어 있었고 "포르투갈 르네상스"의 리더로 자리매김하고

있었다. 페소아는 처음에는 파스코아이스를 "오늘날 유럽에서
가장 위대한 서정시인"(브레숑, 1996, 139-140쪽)이라고 추켜세우기도
했으나, 나중에는 자신의 말을 번복하며 "파스코아이스는 빈사
상태"(같은 책)라고 일갈했다. 파스코아이스에게 느꼈던 강한
라이벌 의식이, 페소아로 하여금 이명을 발명하는 결정적인
동인을 제공했다고 주장하는 이도 있다.

이명의 창조에 있어서, 페소아는 파스코아이스를
중심으로 형성된 포르투간 르네상스 운동을 모방할
필요를 느꼈다. 이명 시인들이 모인 심포지엄은,
파스코아이스의 천재성을 열렬히 추앙하기 위해 모인 한
무리의 제자들로 이루어진 잡지《아기아》에 대한 라이벌
의식으로 만들어진 것이었다. 알베르투 카에이루와 그의
제자들은《아기아》에 대한 내면적인 모방이자 자신만의
종교집단으로, 이를 종합해 현대성으로 승화했다고 할 수
있다. 페소아가 만들어 낸 이명들의 면면과 풍부한 성격은
파스코아이스의 스케일에 필적한다. (페이저, 2015, 62쪽)

페소아가 애초부터 향수주의자들과 큰 공감대가 없는데도
굳이《아기아》에서 데뷔하려 했는지 추론해 보는 것은 흥미로운
일이다. 그가 적어도 초반에는 파스코아이스는 물론 샤이므
코르테사웅, 마리우 베이라웅 같은 다른 향수주의 시인들을
대체로 호의적으로 평가한 것도 사실이며, 어쨌든 당시
포르투갈에서는 그나마 가장 눈여겨볼 만한 문학운동이라고
생각한 것도 맞다. 게다가 페소아의 민족적이고 '메시아적'인
비전이 향수주의자들과 일면 통하기도 한다. 하지만
페소아에게는 이런 면들 말고도 너무 많은 다른 면들이
있었으며, 그의 시야는 훨씬 넓고 코스모폴리턴(세계주의)했다.
이명 '패거리'를 고안해 낸 동인이 무엇이었고 누구를 의식했고

얼마나 전략적이었든 간에, 포르투갈의 문예부흥은 그에게
중차대한 문제였다. 그러니 이 목적을 이루기 위해서라면 그에게
적과 동지는 언제든 뒤바뀔 수 있는 지극히 상대적인 개념이었을
것이다.

세 명의 포르투갈 시인

"모든 시는 간(間 : inter)-시이고, 모든 시 독해는 간-독해"(블룸,
1980, 3쪽)라는 해럴드 블룸의 명제를 페소아만큼 적절히 현현한
사례도 드물 것이다. 영국 고전 시인들에게는 어린 시절부터
문학적 빚을 졌으나, 포르투갈 시인들의 재발견은 리스본으로
돌아온 시절부터 본격적으로 촉발되었다. 《아기아》의 짧은 기고
경험과 연이은 결별로 파스코아이스와는 거리를 두게 되지만,
포르투갈 시인들에 대한 그의 존경심은 흔들리지 않았다.
"19세기 포르투갈에는 세 명, 오로지 세 명의 시인만 있었는데,
그들에게만 장인이라는 이름을 두고 경쟁할 수 있는 자격이
있다. 이 셋을 연대순으로 나열하자면, 안테루 드 켄탈, 세자리우
베르드 그리고 카밀루 페사냐다."(코엘류, 1972, 54쪽).

페소아가 안테루 드 켄탈(1842-1891)에게서 받은 영향을
연구한 오네시무 알마이다는 미발표 원고와 흩어진 텍스트들을
수집하여 이 낭만주의 시인에 대해 그의 꾸준한 존경심을 보여
주었다. 페소아는 안테루를 셰익스피어와 견주고 "셰익스피어는
생각의 내밀한 표현, 생각의 형식에 있어서 우위에 있지만,
안테루는 그 생각 자체에서 앞선다."(1993A, 246쪽)고 평하면서
나름의 체계적인 분류를 시도한다.

> 위대한 시인들: 개념화
> (1) 광범위하고, 깊고, 완전한 개념화
> (2) 깊고, 완전한 개념화
> (3) 완전한 개념화

각각의 사례: (1) 호머, 셰익스피어, (2) 안테루, ?-(3)
빅토르 위고 (리스본 국립도서관 E3, 14D-78r, 미출판)

때로는 안테루를 셰익스피어의 상위에 두기도 한다. "지적,
예술적 전체로서 볼때, 셰익스피어의 소네트가 안테루의
그것보다 우위에 있지는 않다고 나는 생각한다. (……) 안테루의
소네트들이 셰익스피어보다 우월하다."(2006B, 439쪽) 안테루는
그에게 "문학적 흐름에 있어서의 선도자"(1999B, 25쪽) 였으며
아무도 이 시인의 비관적인 영혼을 자신만큼 잘 이해할 수
없다고 확신하며 이렇게 말했다. "나의 이기적인 순간이든
이타적인 순간이든, 나는 한 번도 행복한 적이 없다. 내게
위로가 있다면 그것은 안테루 드 켄탈을 읽는 것이다. 우리는
영혼의 형제다. 그의 것이었던 그 깊은 고통을 내가 얼마나
잘 이해하는지 모른다."(2003, 84쪽) 안테루를 찬미하는 글에서,
페소아는 자신의 시적 테마가 되는 "지성화(intellectualização)"에
관한 생각을 잘 보여 준다.

안테루 드 켄탈에게 모든 것은 (……) 생각이다. 그는
누구보다 의식적인, 어쩌면 지금껏 존재했던 그 어떤
시인보다 의식적인 시인이었다. (……) 정확히 말하자면,
그에겐 즉흥성이라고는 전혀 없다. 그럼에도 불구하고,
그는 위대하고 영감에 찬, 진정으로 영감에 찬 시인이었다.
그러나 사실 그의 영감은 그 진정성에도 불구하고 조금도
감성적이지 않고 지적이었다. 차라리 이렇게 말하자.
그의 영감은 대다수 시인들에게 그러한 것처럼 느낌에서
지성으로 가는 것이 아니라, 지성에서 감성으로 간다.
그의 시들은 먼저 생각에서 만들어지고, 그리고 그
생각은 감각된다. 그리고 나서 표현이 뒤따른다. 그리고 이
표현이 다른 시인들보다 덜 완벽하지 않다. 오히려 (당연한

얘기지만) 더 차분하고, 무한함으로 가득하다. (2006B, 438쪽)

페소아가 자기 모순과 아이러니의 대가이기는 하지만, 그에게는 "마음속 깊이 흔들리지 않는 신념과 가치 체계가 자리 잡고 있었고 (……) 그는 호머, 셰익스피어와 안테루 같은 작가들을 반신반인(半神半人)처럼 숭배했다. (……) 그는 이 모두가 되기도 했으며, 점차 그들 모두를 능가하기도 했다."(알마에다, 2008, 63-64쪽)

카밀루 페사냐(1867-1926)는 마카오에서 법률 담당 공무원으로 일하며 현지인과 결혼해서 살았다. 생전에는 포르투갈 대중에게 전혀 알려지지 않은 페사냐였지만, 페소아는 문학잡지들에 산발적으로 소개된 그의 시 몇 편을 읽고 단번에 시인의 진가를 알아봤다. 엔리케 로사의 소개로, 그는 리스본을 방문한 페사냐를 두 차례 직접 만난다. 페사냐가 다시 마카오로 돌아갔을 때, 페소아는 편지를 써서 《오르페우》 3호에 기고할 시 원고를 청탁하지만 잡지의 출간이 좌절되면서 계획은 현실화되지 못했다. 청탁 편지가 페사냐에게 제대로 수신이 되었다는 증거는 없으나, 젊은 '후배' 시인의 존경 가득한 부탁을 페사냐가 거절했을 가능성은 적다.

페사냐만큼이나 문학계에 전혀 알려지지 않았던 사업가 세자리우 베르드(1855-1886)의 시인으로서의 면모를 발굴해 낸 데에도 페소아의 공로는 지대했다. 프랑스판 페소아 전기 『낯선 이방인』을 쓴 로베르 브레숑은, 페소아가 전원시인 알베르투 카에이루와 모더니스트 캄푸스를 창조하는 데 있어 세자리우 베르드의 객관적인 스타일이 영향을 미쳤다고 분석한다. 페소아가 베르드에 대해 존경을 표하는 방식은 흥미롭다. 그에 따르면 베르드의 시는 "상상력과 지성, 미학적 감성이 부족"(베르드, 2006, 225쪽)하지만, 시를 위대하게 만드는 가장 본질적인 자질, 다름 아닌 독창성을 지니고 있다고 평가했다. 알바루 드 캄푸스의 이름으로 쓰인 「송시에서 발췌한 두 편」에는 베르드 예찬이 직접적으로 표현되어 있다.

얼마나 신비로운가, 하나로 수렴하는 골목들의 끝은,
어둑어둑해지는 그 거리들, 아, 세자리우 베르드,
스승이여,
아, 『서양인의 감성』[1]을 쓴 그여!

「해상 송시」에서도 캄푸스는 무미건조하고 반복적인 도시인의
일상 업무 속에서도 시를 포착하는 시선을 공유할 수 있는
유일한 사람으로 세자리우 베르드를 꼽는다.

인생의 복잡성! 이 송장들은 사람 손으로 만들어졌지
사랑, 증오, 정치적 열정을 가진, 가끔은 범죄도
저지르는 ──
너무도 잘 쓰였고, 잘 정렬됐고, 이 모든 것으로부터
독립적이지!
송장을 보고도 이것을 못 느끼는 이도 있다.
세자리우 베르드, 당신은 당연히 느꼈겠지.
내 경우는 이것을 얼마나 인간적으로 느끼는지 눈물이
날 정도다.
어디 한번 나한테 와서 말해 보라지, 장삿속에는,
사무실에는 시가 없다고!

베르드는 또한 카에이루의 『양 떼를 지키는 사람』의
3번시에서도 호명되었다.

해 질 무렵이 되면, 창문에 기대어,

---

1) 세자리우 베르드가 쓴 책.

눈 앞 저 너머에 들판이 펼쳐져 있음을 의식하며,
눈이 시릴 때까지
세자리우 베르드의 책을 읽는다

난 그가 얼마나 불쌍한지! 그는 촌사람이었어
도시의 자유에 구속당해 살던
하지만 그가 집들을 바라보던 방식
거리를 관찰하던 방식,
사람을 알아보는 방식,
그건 나무를 바라보는 이,
오가는 거리를 시선으로 내려가는 이,
들판에 있는 꽃들을 알아보는 이의 방식이었다……

　무명 혹은 저평가된 시인들을 알아보고 발굴하는 데 남다른
능력과 관심이 있었던 페소아. 혹자는 이런 특징의 연유를
자기만의 문학 계보를 찾으려는 성향, 또는 어릴 적 아버지를
여읜 경험에서 비롯된 심리학적 기제 등에서 찾는다. 어쩌면 그가
그저 눈이 밝고 편견이 없는 '좋은 사람'이었기 때문일 수도 있다.
개인주의적인 성향이 짙었던 그가, 안토니우 보투나 라울 레알
같은 동시대인 작가들을 옹호하는 데 상당한 열성을 바친 것은
확실히 흥미로운 부분이다. 적어도 그가 자기 세계에만 도취되어
남에게 철저히 무관심한 시야 좁은 예술가가 아니었음은
분명하다. 그것이 개인의 표현의 자유를 지지하는 공개 발언이든,
알려지지 않은 재능을 세상에 선보이기 위해 서문을 헌정하는
일이 되었든 그는 적극적으로 나섰고, 그에게 숨어 있는 재능을
알아보는 선견지명이 있었다는 점은 역사가 증명하고 있다.
이것도 그의 업적 중 하나라고 말한다면, 이는 차라리 문학적
지평을 전방위적으로, 그리고 범세계적으로 무한히 넓히고
싶었던 열망의 부대효과로 발생한 현상이 아니었을까?

우리는 포르투갈인들을 위해서만 쓰는
포르투갈인들이 아니다. 그런 것들은 기자나 정치
선전 작가에게 맡기면 된다. 우리는 유럽, 그리고 전
문명을 위해 쓰는 포르투갈인들이다. 아직까지는
아니지만, 우리가 지금 하는 것들은 언젠가 보편적으로
알려지고 인정받게 될 것이다. 그게 전혀 다른 양상으로
나타나더라도 두려움은 없다. 그리고 달리 나타날 수도
없다. 사회적 조건들이 피할 수 없이 그렇게 되어 감을
우리는 알고 있다. 우리는 카몽이스로부터, 포르투갈
전통의 지루한 헛소리로부터 벗어나 미래를 향한다.

(1966A, 117쪽)

2 페소아와 그 일당

이명들

페소아라는 복잡한 문학 미로 안에 발을 들여놓기 전에
누구나 익숙해져야 하는 부분이 하나 있다. 바로 작가 특유의
'복수성'이다. 페소아가 실은 '페소아들'이었기에, 우리는 논의
대상이 시인이건, 시적 자아건, 저자이건 대체 어느 페소아에
관해 말하는 건지 매번 새삼스러운 질문을 반복할 수밖에 없다.
가령 페소아가 시인이라는 존재를 한마디로 정의하는 유명한
시 「아우톱시코그라피아」의 첫 행 "시인은 척하는(흉내 내는)
자"를 읽을 때도, 그가 창조한 수많은 시인들 중 모방하는 주체를
누구로 상정하는 건지 생각해 보지 않을 수 없다.

이명이라고 하는 이 알쏭달쏭한 체계 아닌 체계는 페소아의
문학 업적 중에서 단연 가장 많이 언급되는 특징이기는 하지만
이를 둘러싼 해석은 그야말로 분분하며, 그 어떤 훌륭한 설명도
모두의 합의를 이끌어 내지 못한다. 게다가 시인이 고안한 이명의

분류법은 들여다보면 볼수록 체계적이지 못해서, 때로는 한 편의 시가 한 이명에게 부여되었다가 얼마 안 가 저자가 바뀔 때도 있고, 저자가 아예 없는 경우, 때로는 (캄푸스의 경우처럼) 이명은 그대로 둔 채 문체에만 변화를 주는 경우도 있다. 그래서 이명을 엄격하고 일관된 논리로 이해하려는 접근에는 뚜렷한 한계가 있다.

이명이라는 발상은 처음에 어떻게 탄생한 것일까? 이명이라는 말은 페소아 이전에도 존재했지만 그가 전유 혹은 재발명했다고 말할 수 있다. 페소아가 말하는 이명이란, 쉽게 말하면 상상 속 문학 캐릭터들의 이름을 가리키는데, 이들은 이름 외에도 고유한 문체, 전기, 특징, 별자리 등을 갖춘 구체화된 존재라는 점에서 단순한 가명과 구분된다. 페소아는 이명을 고안해 내는 이 신기한 습관이 어떻게 계발되었는지를, 그의 서간문 중 가장 많이 인용되는 '이명의 기원'이라는 편지를 통해 설명한다. 친구 아돌푸 카사이스 몬테이루에게 보낸 이 편지(1935년 1월 13일)는 그가 죽기 10개월 전에 보낸 회고조의 내용이다.

> 어릴 적부터, 나는 내 주변에 가상의 세계를 창조하면서 존재하지 않았던 친구들과 지인들로 나를 둘러싸는 성향이 있었지.(그들이 진짜 존재하지 않았던 건지, 아니면 존재하지 않았던 게 나였는지 그건 확실하지 않네만. 이런 문제들에 있어서 우리는, 다른 모든 문제들처럼, 독단적이 되면 안 된다네.) 내가 "나"라고 부르는 그 사람이 된 걸 의식한 이후로, 내 머릿속에 구체적으로 기억나는데, 나는 다양한 가상 인물들의 형상, 움직임, 성격 그리고 인생사를, 사람들이 어쩌면 부당하게 그렇게 부르는, 진짜 인생처럼 너무도 생생하게 그리고 나만의 것으로 본 거야. 이런 성향은, 내가 내가 된 때로 거슬러 올라가 그때부터 늘 나와 함께했고, 그것이 나를 매혹하는 음악의 종류가

살짝 바뀌었다면 모를까, 나를 매혹하는 방식은 조금도
바뀌지 않았어. (2014, 326-327쪽)

이 편지에서 언급되지 않는 것이 있는데, 바로 그의 큰삼촌
마누엘 구알디누 다 쿠냐(페소아의 큰 이모 마리아 샤비에르
피녜이루의 미래의 남편)의 존재다. '쿠냐 삼촌'은 어린 페소아에게
둘도 없는 친구가 되어 준 인물로, 함께 온갖 이야기를 지어내고
게임을 만들어 내는 등 존재하지 않는 인물들을 만들어 내는
습관이 발달되도록 격려해 준, 아니 같이 놀아 준 사람이었다.
페소아는 여섯 살 때 슈발리에 드 파라는 가상의 인물에게
편지를 쓴 것을 시작으로, 판크라시우 박사, 찰스 로버트 아넌
등의 전-이명들을 줄줄이 만들어 냈는데, 그중에서도 주목할
만한 이는 알렉산더 서치(Alexander Search)다. 페소아와 마찬가지로
리스본에서 태어났지만 영어로만 시를 쓰는 젊은 시인 서치는,
페소아가 리스본대학교 학생이 된 시기(1905~1907) 사이에
탄생했다. 서치는 자신의 이름처럼, 유년 시절을 남아공에서
보내고 고국으로 돌아와 새로운 환경에 적응하고 고민하면서
자신의 정체성을 '찾는' 시절의 페소아를 잘 보여 준다.

페소아의 개인적인 삶은 어릴 때부터 줄곧 조용하고 고독한
편이었으나, 그가 창조해 낸 세계 속에서는 언제나 수많은
이명들에게 둘러싸여 있었기 때문에 완전히 혼자인 적은
드물었다. 때로는 쪽지에 남긴 한두 줄의 짧은 메모 혹은 이름
밖에 없는 수준으로, 때로는 놀라울 정도로 세밀하게, 그는 쉼
없이 분신들을 창조했다. 이명이라는 것을 어떻게 정의하느냐에
따라 우리는 130여 개 이상까지도 셀 수 있지만, 페소아 스스로
내린 정의를 엄격히 따른다면 세 명에서 여섯 명 정도가 그
자격을 충분히 갖추었다고 말할 수 있다. 이 중에서 페소아가
특별한 지위를 부여한 것은 카에이루, 레이스, 캄푸스의 트리오다.
페소아 본인까지 한 명의 이명으로 포함시킨다면 사중주라

해야겠지만 말이다. 친구 아르만두 코르테스-로드리게스에게
보낸 편지에서 페소아는 강조한다.

> 내가 카에이루, 레이스 그리고 알바루 드 캄푸스의
> 이름하에 쓴 모든 것은 진지한 것들이라네. 각자 서로
> 다르기는 하지만, 이 세 명 모두를 통해 나는 존재한다는
> 단순한 사실에 대한 신비로운 중요성에 대한 의식이
> 공통적으로 흐르도록 했다네. (1985, 43쪽)

페소아에 의하면, 리카르두 레이스는 1887년에, 페르난두
페소아는 1888년, 알베르투 카에이루는 1889년에, 그리고
알바루 드 캄푸스는 1890년에 각각 태어났다. 그러나 이들
모두 1914년 3월 8일, 바로 "승리의 날"로 회자되는 역사적인
날에 동시에 떠올랐다고 (이 역시 페소아의 얘기지만) 한다.
이렇게 일시에 발산된 창조적 에너지는 이듬해(1915년) 계간지
《오르페우(Orpheu)》의 창간으로 이어져, 바로 이 지면에 캄푸스의
작품이 실리면서 이명 작품이 처음 세상에 나오게 된다. 레이스와
카에이루는 한참 후 1924년에 자비 출판한 잡지 《아테나》에서
선을 보인다. 이 삼인방에 페소아 본인의 이름을 그대로 딴
인물까지 가세하는데, 이를 편의상 "본명(orthonym) 페소아"라
부른다.

이렇게 성격과 사상, 문학관과 스타일이 뚜렷이 구별되는
이명들을 발명하는 데 그치지 않고, 페소아는 이들 간의
관계도 정교하게 다듬었는데, 그들끼리 형이상학적인 토론을
하면서 상호 영향을 받는 과정을 극화된 에세이로 쓰기도 했다.
가장 좋은 예가 캄푸스의 「나의 스승 카에이루를 기억하는
노트들」이다.

이명의 발명은 페소아의 모든 문학적 업적에서 가장 자주

언급되고 널리 연구된 주제이지만, 초반에는 이것이 일종의
농담 또는 어린아이 같은 장난 정도로 여겨진 게 사실이다.
이런 반응을 미리부터 의식했는지, 페소아는 자신의 창조물을
변호한다.

> 나의 첫 이명 아니 차라리 나의 첫 번째 존재하지
> 않는 지인이라 할 법한 이름이 기억나는군. 여섯 살 때,
> 슈발리에 드 파 아무개라고 하는 이름으로 편지를 써서
> 나 자신에게 보내던 존재인데, 전적으로 모호하지는 않은
> 형체로, (⋯⋯) 아이들에게는 누구나 일어나는 일이라고?
> 물론 — 아니 어쩌면 그렇겠지. 하지만 나의 경우는
> 그들을 어찌나 강렬하게 살았던지 아직까지도 그들을
> 살고 있어. 그들이 진짜가 아니었다고 깨달으려면 별도의
> 노력이 필요할 정도로 기억한다네. (2014, 327쪽)

이 편지의 수신인인 아돌푸 카사이스 몬테이루와 또 다른
비평가 조르즈 드 세나, 이 두 명 정도가 이명이라는 개념을 가장
초기부터 진지하게(적어도 페소아가 의도한 만큼) 받아들인 반면,
그들과 동시대인이자 페소아의 전기를 쓴 시몽이스처럼 처음부터
이명에 회의적인 시선도 있었다. "우리는 함정에 빠진 것이다.
이명이라는 '광림극'을 꾸미며 놀림당했던 그(페소아: 역자주)의
친구들처럼, 우리도 진지하게 놀아난 것이다."(2007, 11쪽) 실제로
적잖은 연구자들이 이명을 진지하게 대하는 것을 경계했다.
"페소아 연구자들의 관심을 거의 독점하다시피 한 이 이명의
문제야말로 (⋯⋯) 시인에 대한 최초의 독해를 방해하는 데 많은
부분 기여한 게 사실"(시아브라, 1993, 14쪽)이기 때문에 "본명, 이명,
인물로 된 드라마 등의 용어들을 말끔히 잊어버려야 한다. 그의
작품이 오늘날의 모습을 갖추기 위해 이 모든 것이 필요했다면,
(필요하기는 했다.) 이제는 여기서 비계(飛階)를 거두어 낼 때가

되었다."(사크라멘투, 2011, 174-175쪽) 그래서 이명들을 모두 무시하고 단 한 명의 작가로 환원해서 다뤄야 한다는 다소 극단적인 주장도 있다. "나는 본명이든 이명이든, 페소아를 단일체로 상정하고 저자의 영적 삶의 핵심으로부터 여러 주제들을 분석할 것이다. 이런 방식으로 다형성 속에서 정신적 통합체를 발견할 수 있는 길을 열려고 시도할 것이다. 만약 그러한 통합체가 (……) 실제로 존재한다면 말이다."(코엘류, 1969, 79-80쪽)

하나의 문학적 해석이 지배적인 담론에 대한 안티테제로 나올 때, 흔히 사소한 강조점의 차이가 절대적 관점차처럼 부풀려지곤 한다는 점을 감안할 때, 특정한 주장에 경도되지 않는 것이 좋을 것 같다. 이명을 어떻게 볼 것이냐는 문제는 그저 독자가 선택할, 아니 어쩌면 선택할 필요도 없는 문제다.

> 모든 게 공허하다는, 모든 게 동등하게 무심하거나 무심하게 동등하다는 결론에 도달하면, 그때는 어떤 한 가지 방법론, 접근, 표현 방식이 더 맞거나 더 틀리다고 말하기 어려워진다. (……) 이렇게 우리는 모든 시대의 모든 스타일이 동등하게 가치를 지니거나 유효한 이른바 상호텍스트성의 영역으로 진입하는 것이다. 기이하게 들리겠지만 정말로, 해체주의자들의 이상이 이 20세기 작가 안에서 체화(embodied) 되어 나타난 것이다. (1998, 28쪽, 리처드 제니스의 「서문」 중에서)

이명이 페소아의 전부라 할 순 없어도, 이명을 제외하고 페소아를 논할 수 없고 이명의 창조 없이 페소아의 문학이 현재의 고유성을 획득하지는 못했으리라는 점에는 대부분 동의할 것이다. 상상 속 극장의 배우들을 만들어 내고, 이들이 서로 다른 의견을 가지고 때로는 원작자와도 대립하는 생각의 실험들을 펼치는 '연기'는 페소아에게 단지 중요한 정도가 아니라, 필수

불가결한 것으로 보인다. 「35개의 소네트」 중 여덟 번째 시는, 자신의 문학적 가면들 뒤로 끊임없이 숨어다니던 시인의 집착을 숨김없이 보여 준다.

> 우리는 얼마나 많은 가면들, 그리고 밑가면들을
> 우리 영혼의 표정 위에 쓰고 있는가, 그리고
> 그저 재미로 영혼이 가면을 벗을 때 언제
> 그것이 마지막 가면이었고 맨얼굴인지 알 수 있는가?
> 진짜 가면은 가면의 내부를 못 느끼지만
> 같이 가려진 두 눈으로 바깥을 내다본다.
> 어떤 의식이든 제 역할을 시작하면
> 주어진 역할을 잠과 엮는다.
> 거울에 비친 모습에 놀란 아이처럼,
> 우리의 영혼들, 생각을 잃어버린 그 아이는,
> 그 찡그린 표정 위로 다름을 부여하면서
> 본래의 상을 잊고 세상을 취하려 한다.
> 그리고 하나의 생각조차 영혼의 가면을 벗을 때,
> 가면 없이는 스스로를 드러내지 않는다.

알베르투 카에이루

'이명의 기원'이라 불리는 편지(1935년 1월 13일 자) 속에서, 페소아는 이명들의 스승인 알베르투 카에이루가 자기 안에서 탄생했다고 주장했다. 1914년 3월 8일은 "내 인생에 있어 승리의 날이었고, 이런 날은 두 번 다시 오지 않을 것"(2001, 256쪽)이며 "서른 몇 편의 시를 단번에 써 내려갈 때의 심정은, 말로는 형언할 수 없는 일종의 황홀경이었다."(같은 책)고.

페소아가 "유일한 자연 시인"(1946, 88쪽)이라 부른 카에이루는 목가적 시인의 전형을 보여 주지만, 그가 치는 가축 떼는 소나 양이 아니라 바로 생각들이다. "내가 쓴 것들 중에 최고"(1957,

97쪽)라 스스로 평하는 「양 떼를 지키는 사람」의 첫 번째 시에서
그는 "추상적 자연주의"라는 독특한 스타일을 선보인다.

> 나는 한 번도 양을 쳐 본 적이 없지만,
> 쳐 본 것이나 다름없다.
> 내 영혼은 목동과도 같아서,
> 바람과 태양을 알고
> 계절들과 손을 잡고 다닌다
> (……)

카에이루는 "첫 시에서 일종의 사고-실험을 선보였다. '만약
그랬다면'의 주체에 관한 실험이다. 카에이루의 세계는 '~인
것이나 다름없는(as if)'의 세계다."(멘데스, 1999, 8쪽) 카에이루가
전하는 메세지는 분명하다. 안 배우기를 배우기, 사물을 있는
그대로 바라보기. 조르즈 드 세나가 절묘하게 표현하듯이,
카에이루는 "영혼의 규율 파괴자"(1959, 171-192쪽)다. 그의 시는
완전한 순수와 단순성 그리고 실증적인 사고방식에 대한 강조가
내용의 주종을 이룬다. 진리를 대하는 카에이루의 태도는 『양
떼를 지키는 사람』의 마흔세 번째 시에 압축적으로 나타나 있다.

> 자연은 전체가 없는 부분이다.
> 아마 이것이 이른바 신비겠지. (2008, 47쪽)

페소아가 온전한 전체에 대한 향수를 버리지 못했다면,
카에이루는 오로지 파편화된 진리만 믿었으며, '안 배운' 시선을
통해서 본 것만을 신뢰했다. 카에이루의 이러한 '반철학적'인
태도나 사물을 있는 그대로 보는 것에 대한 강조는 불교
철학과 비교되기도 했다. 그의 시가 가령 불교의 정견(正見)
개념이나 선불교와 통하는 면이 있는 것은 사실이다. 형이상학과

주지주의를 비판하고, 추상적 관념보다 직접적인 이해와 직관적 깨달음을 추구하는 카에이루의 세계관이 선불교의 태도와 유사하게 느껴지기도 한다. 그러나 이러한 흥미로운 공통점에도 불구하고, 카에이루가 태생적으로 하나의 사고-실험이었다는 점은, 비록 그가 거리를 두려고는 했지만 결국 추상적 사고의 전형에서 벗어나지 못했음을 보여 준다. 선불교가 엄격한 참선과 구체적 실천과 수행을 강조하는 점을 감안하면, 선불교 사상을 부분적으로 추출해 유사점을 부각하려는 시도는 큰 의미가 없을 듯하다. 또한 종교적 관점에서도 카에이루는 "단지 이교도가 아니라 (……) 이교주의 그 자체"(2001, 40쪽)였음에도 불구하고, 니체 같은 철학자처럼 신랄하게 교회나 기독교적 가치를 비판하지 않았다. 「양 떼를 시키는 사람」의 여덟 번째 시나 다른 시들에서 찾아볼 수 있듯이 카에이루의 시상은 여전히 기독교적인 신과 예수의 알레고리에 의존하고 있다. 종교적이건 문학적이건 기존 전통과 단절하기보다는 적절히 포괄하면서 전유하는 것은 모더니즘 시기 작가들에게서 흔히 발견되는 접근법이다.

마흔아홉 개의 시로 된 「양 떼를 시키는 사람」에서 「엮이지 않은 시들」까지, 비교적 짧은 생애 동안 카에이루의 시는 소폭으로만 변화할 뿐 본질적으로 진화하지는 않는다. 물론 페소아가 "나는 진화하지 않는다, 여행할 뿐이다."(1980, 211쪽)라고 한 말을 상기할 필요는 있겠지만, 만약 페소아가 동양 사상을 좀 더 깊이 있게 이해했다면 얼마나 더 멀리 '여행'할 수 있었을지 상상해 보게 된다. 가령 쇼펜하우어나 엘리엇이 깊이 있는 독서와 연구를 통해 불교에 대한 보다 심도 있는 이해를 한 반면, 페소아의 동양사상에 대한 이해는, 철학자 이명 안토니우 모라의 글 등을 종합해 봤을 때 피상적인 수준에 머물렀던 듯하다. 카에이루의 시와 선불교의 외견상 유사점은 로고스 중심주의가 지배적인 서양철학의 전통에 대한 대안을 찾으려는 사색 과정에서 나타난 우연적인 일치라 할 수 있는데, 어쩌면 그래서 더 인상적이다.

카에이루는 "페소아가 고통스런 정체성 탐색의 여정에서 유일하게 심신의 휴식을 취할 수 있었던 존재"(멘데스, 1999, 20쪽)로 평가되기도 한다. 카에이루의 이름으로 시를 쓰면서 잠시 마음의 평온을 얻었을지 모르지만, 페소아의 형이상학적인 탐구는 종착역 또는 '해탈'에 이르지 못하고 결국 불교에서 말하는 영원한 고(苦)에서 벗어나지 못한 듯하다. 카에이루의 공식적인 죽음 이후에도, 페소아는 드물게 그러나 여전히 이 스승의 이름으로 시를 쓰곤 했다.

알바루 드 캄푸스

포르투갈의 타비라에서 태어나 글래스고에서 교육받은 선박 엔지니어 알바루 드 캄푸스는 기술 전성시대를 시적으로 해석할 임무를 부여받은 도취된 모더니스트였다. 이명들 중에 가장 왕성한 생산성을 자랑했으며, 페소아가 죽을 때까지 그를 동반했을 정도로 장수하기도 했다. 포르투갈어로만 작품 활동을 했지만 종종 시에 「리스본 재방문(Lisbon Revisited)」과 같은 영어 제목을 달기도 했고, 모호한 성적 정체성으로 최근 퀴어 연구의 주제가 되기도 했다.

초반 시들(1914-1916)에는 휘트먼, 특히 「나를 위한 노래」의 영향이 두드러진다. 페소아는 이 영향을 숨기지 않았는데, 그 중 하나가 「휘트먼에게 건네는 인사」(1915)라는 미완성 시에서 잘 드러난다. 휘트먼처럼 낙관적이지는 않았지만 캄푸스는 "페소아 자신의 성품의 힘을 열어 준 열쇠로 작용했던 것 같다. 감각되고 자아에 의해 구체화된 온 우주에 관한 「나를 위한 노래」의 대담함과 저돌성이 바로 페소아와 이명으로 이루어진 그의 우주를 도약시켰던 것이다. 그게 아니었다면, 진정한 문학적 결과보다는 흥미로운 심리적 현상이나 문체 연습 수준에 머물렀을지도 모른다."(2006, 25쪽, 리처드 제니스의 「서문」 중에서)

    포르투갈 문학사에서 유례없는 방식으로, 캄푸스는 송시에서
형식적 자유를 누리며 현기증이 일 듯한 광폭함과 속도를 즐긴다.
"페소아의 미친 쌍둥이 형제"(시몽이스, 1950, 291쪽)라고도 불리는
캄푸스는 확실히 시인의 광기 어린 측면을 대표하지만 전통적인
의미의 광기는 아니다. 『모더니즘』에서 피터 니콜스는 말한다.
"현대인은 신경이 곤두선 자로, 신경의 심리에 지배되면서 굉장히
예측 불가해지고, 한편으로는 다중적인 감각에의 숭배, 그리고
다른 한편으로는 무기력 또는 불능 사이에서 갇힌 존재다.
(……) 이 새로운 종류의 주체는 윤리적 진실에 대한 심판자로서
예술의 전통적인 역할에 대한 거부를 동반한다."(니콜스, 1995, 59쪽)
바로 이러한 종류의 광기가 캄푸스 특유의 괴성과 결합하면서
「승리의 송시」와 「해상 송시」를 포르투갈 문학 사상 가장
'시끄러운' 시로 등극시킨다. "「해상 송시」에 나오는 고함들은
단순한 의성어 사용이 아니다. 그들은 모든 의식을 동원하여,
언어가 그것의 자연스러운 의미의 재료로부터 극복되기를
강요하는, 물질을 의미를 가진 무언가로 변환시키기 위한, 그리고
물질 자체가 새로운 의미가 되도록 하기 위한, 하나의 시도다.
그 언어는 음악적이고 조형적이고 자유로운, 일종의 오페라의
지휘를 획득하기를 욕망한다."(로렌수, 1974, 65쪽) 이 고함은 과거,
현재와 미래의 가치들을 조화시키는 데 실패한 좌절감을 "형언
불가능성(ineffability)"의 형태로 표현하는 것이라고 해석할 수도
있겠다.

    현대적 정신의 본질적인 조건 중 하나는, 과학과
    윤리의 종합을 이루어 내기가 불가능할뿐더러 융합하는
    것이 더 힘들기 때문에 일어나는, 의식의 폭발이다.
    페르난두 페소아는 이것의 가장 비극적이고 명석한 비전
    중 하나를 우리에게 제공한다. 현대적 정신의 객관적
    불행이라는 육체적 가정 앞에서 그에게 "신비화", "인공성"

또는 "게임"라는 말도 안 되는 비판을 가하는 것에 무슨 의미가 있겠는가? (로렌수, 1991, 59쪽)

캄푸스는 "비(非)아리스토텔레스적" 미학 이론의 주창자이기도 했다. 이 이론은 "아리스토텔레스의 그것과는 달리, 아름다움에 대한 사고가 아니라 힘에 대한 사고에 기반한다. 물론 미에 대한 사고도 힘이 될 수 있다. 그러나 미에 관한 "사고"는 감각이나 감정에 대한 "사고"가 되는 것이지 생각은 아니며, 정서의 감각적인 기질이고, 그런 미에 관한 "생각"이 힘이다. 오로지 그것이 미에 대한 단순하고 지적인 생각일 때 그것은 힘이 아니다."(2006A, 111-112쪽) 「비아리스토텔레스적인 미학을 위한 노트들」에서 체계화를 시도한 이 이론에 따르면, 당시까지 이와 같은 미학적 교리가 표현된 작품은 오로지 휘트먼의 시와 카에이루의 시 그리고 「승리의 송시」와 「해상 송시」뿐이었다.

캄푸스는 이명들 중 주제와 문체 면에서 유일하게 '진화'하는 이명으로, 크게 세 개의 시기로 구분할 수도 있는데 1) 엔지니어 캄푸스 시기, 2) 감각주의자 캄푸스 시기, 3) 귀환한 캄푸스 시기이다. 초기의 선동적이고 격정적인 캄푸스의 열기는 시간이 지나면서 조금씩 누그러들면서 후반기에는 소네트와 같은 전통적인 형식들을 차용하는 경향을 나타내지만, 여전히 자유시의 형식은 유지한다.

리카르두 레이스

외과의사이자 시인이며 신고전주의 호라티우스주의자, 독학으로 그리스어를 배웠고, 그리스 철학을 애호하는 레이스는 이명 중에서도 가장 덜 알려져 있다. 1910년 포르투갈에서 공화혁명이 일어났을 때, 왕정주의자로서 자발적인 망명을 선택한 그는 1919년까지 브라질에 머무른 것으로 알려져 있으나, 페소아의 다른 메모에 따르면 "리카르두 세케이라 레이스

박사"의 주소는 페루의 세로 데 파스코로 되어 있다. 예수교 신부들로부터 라틴어를 배우면서 자라났으나, 성장하면서 이교도로 변하고 이명 철학자 안토니우 모라와 함께 신-이교주의 이론의 옹호자가 된다.

레이스는 이명 삼인방 중 가장 덜 주목받는데, 그것은 호라티우스가 이미 오래전에 완성한 에피쿠로스주의와 스토아주의의 부흥 혹은 그리스적 신고전주의를 연상시키기 때문이라고도 한다. 한마디로 너무 고전적이라는 얘긴데, 보들레르가 「현대적 삶 속의 화가」에서 질문하듯 "얼마나 많은 현대성이 고전이 되는가? 또 어떤 조건 아래서 이런 일이 일어나는가?"(카스트루, 2013, 76쪽)라고 되물을 수도 있다. 레이스의 전형적인 상징들, 즉 장미, 강, 운명, 죽음 그리고 체스 게임 들로 이루어진 시구의 행간을 세심하게 읽다 보면, 고전의 탈을 쓴 고뇌하는 모더니스트를 마주치는 것도 가능하다. 유한한 인간이 인생을 통틀어 본질적으로 바꿀 수 있는 것은 대단히 적다는, 피할 수 없는 비극적 감각을 이 시인은 타고난 예민함으로 깨닫고 있다. 미발표된 다른 메모에서 페소아는 레이스를 "포르투갈어로 시를 쓰는 그리스의 호라티우스"(2010, 181쪽)라 묘사하기도 하는데, 실은 두 시인 모두 에피쿠로스주의와 스토아주의의 가치를 결합했다고 할 수 있다. 즉 이 둘은 호라티우스 시의 가장 유명한 구절 "오늘을 붙잡아라"처럼 현재의 만족을 추구하는 에피쿠로스적인 이상과 동시에, 완전한 자주성을 추구하는 스토아적 이상도 함께 추구했다. 그러나 호라티우스가 전자에 더 경도되었다면, 레이스에게는 양 요소가 조금 더 균형 잡혀 있으며 동시에 생생하게 읽힌다. 주의 깊은 독자는 또한 레이스의 시에서 호라티우스에 대한 미묘한 비판도 발견할 수 있다.

짐짓 객관적인 듯한 레이스의 태도는 느낌을 지성화하는 접근을 취했던 감각주의자 페소아의 영향이 보인다. 만족의 쾌락과 존재론적 고통 사이에서의 방황은 염세적인 태도로 점점

기울고, 공격적이며 도취된 캄푸스와는 대조적으로 레이스는
방어적이고 무관심한 태도로 일관하며 딱 한 가지 원칙만을
고수한다. 언제나 감정을 피할 것. 그는 캄푸스가 사용하는
자유시 형식이 영 못마땅하다. 그에 따르면, 캄푸스의 시들에서는
"감정의 혈관외유출(시인이 "외과의사 출신"이라 사용하는 의학용어 :
역자주)이 벌어지고 있다. 생각은 감정에 복무하지만, 그것을
지배하지는 못한다."(2003, 208쪽) 혹자는 레이스가 지나치게 반대
방향으로 가 버렸다고 지적할 수도 있다. 사랑에 관한 시에서
조차 그는 정체 모를 이름들(리디아, 클로에, 네에라 등)을 호명하곤
하는데, 이들이 '생각 이전의 존재', 즉 피와 살로 된 구체적인
연인이라기보다 추상적으로 지어낸 대상으로 읽히기에 어딘가
차가운 기운마저 느껴진다면 지나친 표현일까.

리카르두 레이스의 시가 이룬 성취는 스승 카에이루의
존재 없이는 불가능했다. "카에이루를 만나고 그가 「양 떼를
지키는 사람」을 낭독하는 것을 들으면서 리카르두 레이스는
그가 시인으로 타고났다는 것을 깨닫기 시작했다."(2001, 49쪽)
스승 카에이루에 대한 그의 존경과 찬양은 거의 절대적일
정도이지만, 그렇다고 스승의 사소한 결점을 지적하는 것을
빠뜨리지는 않는다. 아니나 다를까, 형식적인 측면의 비판이다.
카에이루가 취하는 자유시 형식을 레이스는 "받아들이기
힘들다"고 표현하는데, 이유인즉 그것이 "생각을 안정된 틀
속에 자리 잡도록 하지 못하는 무능력에서 비롯되기 때문이다.
이는 그 가치를 환산하기에는 모든 걸 너무 쉽게 만든다."(1996A,
359쪽) 형식미학에 대한 레이스의 천착을 토마스 크로스는 다른
이명들과의 비교를 통해 알기 쉽게 요약한다.

카에이루에게는 한 가지 원칙이 있었다 : 사물은 있는
그대로 감각되어야 한다. 리카르두 레이스는 다른 원칙이
있었다: 사물은 있는 그대로 감각되어야 할 뿐만 아니라,

고전적 기준과 규칙의 어떤 이상과 맞아떨어져야 한다.
캄푸스에게 사물은, 그저 감각되기만 하면 되는 것이었다.
(2001, 54쪽)

　보기 드문 레이스의 열렬한 지지자 중 한 명으로, 페소아의
스페인어판 전기를 쓴 작가이자 번역가 앙헬 크레스포(Ángel
Crespo)는 「이리로 와서 내 곁에 앉아, 리디아」가 레이스 시의
전형과 특징을 두루 갖추었다고 본다. 그것은 a) 인생이
흘러간다는 이미지로서 강의 사용, b) 신과의 만남 그 너머로
삶이 이어진다는 것, c) 유년 시절과 이상적 시기, 순수한 정신,
d) 소극적이고 조용한 삶에 대한 이상화, e) 현실화, 물질화하지
않는 사랑, f) 이들을 순수하게 안정화시키기 위한 도그마적인
생각이나 철학의 부재, g) 그만의 이교주의, 등이다.(크레스포, 1984,
163-164쪽)
　주제적인 측면에서, 레이스가 견지하는 비관적인 태도는 그의
시에 다소 단조로운 인상을 부여하기도 한다. 본질적인 변화가
오기를 기대할 수 없기 때문에 유일한 선택이라고 해 봤자 주어진
조건을 받아들이는 것뿐이니, 결과적으로 염세적인 토로를 할
수밖에 없다. "우리는 그저 이야기들일 뿐, 아무것도 아니"(1994,
168쪽)라고…… 그러나 역설적으로 바로 이러한 한계들 때문에
지금 이 순간을 더욱더 붙잡아야 하는 것이기도 하다. 운명을
받아들임 또는 받아들임의 운명, 이것이 레이스가 시로 노래한
'파두(Fado)'였다. 이 슬픔의 시인이 죽음에 대해 무겁게 성찰하는
것은 그래서 어쩌면 당연한 일이다. 캄푸스와 여러 차례 시에
관해 토론을 벌이면서 레이스는 일갈한다. "시는 더 차가울수록,
더 진실하다."(1996A, 391쪽)고. 어쩌면 죽음에 대한 꾸준하고
반복적인 성찰이 그의 시적 혈관들을 더욱 차갑게 식혔을지도
모른다.

본명 페소아 또는 페소아 자신

페소아라는 말은 포르투갈어로 "사람"을 뜻하며, 라틴어의 "페르조나," 즉 배우의 가면에서 유래하며, 불어에서 "페르손(personne)"은 "아무도 아님"을 뜻하기도 한다.(가령 "Il y a personne"는 아무도 없다는 뜻) 이렇게 징후적인 이름에 부응이라도 하려는 듯이, 페소아는 이명 중에서 가장 복잡하고 실체가 불분명한 이명을 만들어 냈으니, 다름 아닌 페르난두 페소아 그 자신이었다.

1932년 7월 28일, 주앙 가스파르 시몽이스에게 보내는 편지에서 페소아는 『메시지』의 출간 이후 『시가집』이라는 제목을 붙인 두 번째 시집에 대한 출간을 제안한다. 그는 이 시집의 "표현적이지 않은" 제목이 "느슨하고 분류 불가능한"(1957, 90쪽) 시들과 잘 어울린다고 말하는데, 이것이야말로 페소아 본명으로 쓴 시들의 성격에 대한 적절한 묘사다. 아마도 이명의 이름이 부여되지 않은 모든 시들이 '페소아 본명'이라는 항목으로 분류된다고 보면 된다. 가령 페소아는 「기울어진 비」 같은 "교차주의" 시들을 알베르투 카에이루의 저작으로 분류하려고 한때 고민하긴 했지만, 알 수 없는 이유로 결국 페소아 본인의 시로 낙점되었다. 이렇듯 페소아 본인의 시, 또는 본명 시를 다룰 때 우리는 자동적으로 여러 명의, 변화무쌍한 시적 정체성과 마주하게 되는 것이다.

페소아가 스스로의 이름까지 또 하나의 이명처럼 쓴 이유는 뭘까, 아니 왜 알바루 드 캄푸스는 「나의 스승 카에이루를 기억하는 노트들」에서 "엄밀히 말하자면 가장 존재하지 않았던, 페르난두 페소아의 경우가 가장 희한하다."(2014, 114쪽)고 말했을까? 다소 증상적인 해석을 해 보자면, 사회학자 어빙 고프만의 '다중인격이론'을 떠올릴 수도 있겠다. "하나로 묶일 수 있는 자아나 개성 같은 것은 존재하지 않는다. 단지 각각의 새로운 사회 환경에 맞도록 새롭게 생성되는 외면이 있을 뿐."(엘킨드, 1975, 30쪽)이니까. 내면에 다수의 자아를 인지하는 것은 현대사회에서는 다중인격장애와 같은 심리학적인 병이나 증세로 간주되기도 하는데, 페소아의 시대에는 이런 진단이 지금처럼 일반적이지 않았다. 이런 증상적 '무지'가 페소아로 하여금 더욱 과감하게 실험을 감행하도록 만들었을지도 모르지만, 이러한 심리학적 터부를 파괴할 수 있었다는 점은 확실히 인상적이다. 페소아는 "이미 60년도 전에, 다중인격 이론을 예술에서 실천하고 있었다."(몬테이루, 1981, 96쪽)

제아무리 페소아라 해도 다중인격을 품고 사는 것이 쉬운 일은 아니었을 것이다. 실제로 그는 미쳐 버릴지도 모른다는 불안에 시달리기도 했고, 신경쇠약 증세를 보이기도 했다. 페소아 본명 시들은 이러한 심리적 문제를 해결하려는 일종의 탈출구였을 수도 있다. "다양한 내면의 목소리에 꾸준히 주의를 기울이는 것이, 이런 경험을 겪는 사람에게 얼마나 좌절스럽고 지치는 일인지 페소아는 잘 알고 있었다. 그래서 그는 이러한 좌절감을 본명 시라는 도구를 통해 분석하는 방향을 택한 것이다. 이러다 보니 모순을 직면할 때의 망설임이나 강한 중심성의 상실 등이 시들 테마의 주종을 이룬다. 그의 무제 시에서 이런 불확실성은 끝없는 번민이 동반되는 정체성 위기의 형태로 잘 나타나고 있다."(같은 책)

> 나는 얼마나 많은 영혼을 가졌는지 몰라.
> 나는 매 순간 변화했고
> 매 순간 스스로가 낯설어졌어.
> 그렇게 많은 것이 되다 보니, 내게는 영혼밖에 없지.
> 영혼이 있는 사람에게는 평온 따위 없지.

비슷한 방식으로 그는 무한하고 헤아릴 수 없는 자아의 확장을 보여 주기도 한다.

234

(……) 모든 게 비현실적이며, 무기명이고 우연적이다.

드넓은 세상에 대해 호기심을 갖지 말라.

그것은 그 밑바탕보다는 덜 확장적이니.

그리고 그것을 너는 모를 것이다, 지금이든 언제든

바로 그것이 가장 진짜이고 가장 깊이 있는 것이다.

페소아 본명 또한 하나의 이명이라고 가정한다면, 이는 몇 명의 페소아들이었을까? "이렇게 말할 수 있을까? 이명이 여러 명이듯이, 본명도 여럿이라고? 가령 존재론자 페르난두 페소아, 애국주의자 페르난두 페소아, 오컬티스트 페르난두 페소아, 사행시(四行詩)인 페르난두 페소아 등등?"(1998, 216쪽, 리처드 제니스의 「후기」 중에서) 이러한 분류가 결코 엄밀할 수는 없지만, 페소아라는 이름 아래 쓰인 시들을 거칠게나마 다음과 같이 나누어 볼 수는 있을 것 같다. 후기-상징주의 시(「습지……」, 서정시(『시가집』), 민속 시(대중 취향의 사행시), 비전적 시(「미라」, 「기독교 장미십자회의 무덤에서」) 그리고 민족주의적인 시(『메시지』, 「그렇다, 신국가이다」) 등.

이상에서 살펴봤듯이 이명을 어떻게 바라볼 것인가는 열린 질문이다. 페소아는 여러 차례 시의 주인을 바꾸거나 결정을 유보했고, 나이가 들면서는 아예 이명이라는 생각을 버릴 생각까지 했다.

내가 이 말을 했는지 모르겠는데, 이명들은 (……) 그냥 내 이름으로 출판되어야 할 것 같네. (이제 너무 늦어 버렸고, 완벽하게 숨기기는 이미 글러 버렸어). (1957, 90쪽)

그러나 이 생각을 제대로 관철해 보기도 전에 그는 갑자기 세상을 떠난다. 그에게 어떤 심경의 변화가 일어난 건지는 아무도 모른다. 상상 속 패거리에 대한 열광이 사그러든 것일까, 아니면 정신적 피로 때문에 회의가 찾아온 걸까? 말년에 일어난 페소아의 태도 변화와는 별개로, 그의 문학적 발명품들은 생명력을 가지고 나름의 자립을 이루었다. "카에이루-페소아-레이스-캄푸스 사중주는 역사와 전통 바깥에 존재하며, 그 어느 특정 장소에도 속하지 않는다. 그들의 시적 우주는 바로 그들 스스로 창조해 낸 그 무엇이다."(코토비치, 1996, 61쪽)

《오르페우》

《오르페우》는 페소아가 그의 친구 시인 마리우 드 사-카르네이루와 몇몇 예술가들과 함께 1915년에 창간한 잡지로, 단 두 호밖에 출간되지 못한 짧은 기간 동안 포르투갈 문학에 모더니즘을 들여오면서 획기적인 바람을 일으켰다고 높이 평가받는 문학 프로젝트다. 《오르페우》가 세상에 나오기 위해서는 여러 우연들이 겹쳐서 일어나야 했다. 페소아와 사-카르네이루는 1911년에 처음 만난 이후 깊은 우정을 발전시켰고, 사-카르네이루는 얼마 안 있어 파리로 떠났지만 1차 세계대전의 발발과 함께 파리에서 체류하던 다른 포르투갈 예술가들(주제 파체쿠, 산타-리타 핀토르 등)처럼 고국으로 돌아와야 했다. 이들은 리스본의 카페들을 전전하며 모더니스트들의 그룹을 형성하고 활발하게 교류했다. 도발적인 시각 예술가이자 작가였던 알마다 네그레이로스도 이 '패거리'의 또 다른 핵심 인물이었다.

1915년에 비평가 루이스 드 몬탈보르(가명은 루이스 다 실바 라모스)가 2년간의 브라질 생활을 접고 귀국했을 때 그는 문예지를 출간할 뜻을 가지고 있었고, 잡지 제목으로 '오르페우'를 생각하고 있었다. 페소아와 사-카르네이루도 다른 제목('루지타이나' 또는 '에우로파')으로 잡지의 꿈을 품고 있었는데, 그들은 몬탈보르의 생각에 적극 공감을 표했고,

곧 잡지 창간 작업에 착수했다. 필진에 브라질 시인 로날두 드 카르바주를 영입하여 국제적인 모양새까지 갖춘 창간호는 상징주의, 상징주의 그리고 데카당스적인 색채가 짙은 작품들 위주에 미래주의의 영향이 느껴지는 시도 가미되었다. 시에만 주목하자면, 마리우 드 사-카르네이루와 알바루 드 캄푸스의 시가 가장 독창적이었다. 캄푸스의 시 중 「아편쟁이」는 사-카르네이루에게 헌정된 데카당스 풍의 시였다.

> 《오르페우》의 출간 시기가 다가오자, 우리는 막판에 창간호의 부족한 부분을 채울 무언가가 필요했지. 그래서 나는 알바루 드 캄푸스의 "오래된" 시를 하나 쓰겠다고 사-카르네이루에게 제안했어. 알바루 드 캄푸스가 카에이루를 만나 그의 영향 아래 떨어지기 전에 썼을 법한 시를 말야. 그래서 「아편쟁이」를 쓰게 된 거지. 그 시에서 나는 스승 카에이루와 접촉한 흔적이 전혀 없으나 나중에 점차 드러나게 될 알바루 드 캄푸스의 잠재된 모든 경향들을 집대성하려 노력했지. 내가 쓴 모든 시들 중에서 가장 난관이 많았던 시인데, 그건 이중의 비개성화를 해야 했기 때문이지. 하지만 결과가 나빴던 것 같지는 않고, 이제 막 싹을 틔우는 알바루를 잘 보여 주고 있다고 봐.
> (2001, 257쪽)

캄푸스의 천재성은 「승리의 송시」에 완연히 드러난다. 「승리의 송시」는 첫 행부터 기계기술이 선도하는 산업화 시대를 바라보는 전혀 새로운 미학을 주저없이 선보인다.

> 공장의 커다란 전등불들의 고통스런 불빛 아래 나는 열에 들떠 쓴다.
> 이를 갈면서 쓴다, 이 아름다움을 향해 야수가 되어,

고대인들은 듣도 보도 못한 이 아름다움을 향해.

  엄밀히 말해 페소아가 포르투갈 문학 사상 처음으로 기계를
문학적 대상으로 본 시인은 아니지만, 이 송시 이전에 기계의
'숨겨진 아름다움'은 한 번도 이만큼 진지하게 발견된 적이
없다. "기계가 그저 하나의 구실이나 환유가 아니라 하나의
계시, 인간 신체의 진실로 다가오기 위해서, 우리는 캄푸스의
출현을 기다려야 했다."(에이라스, 2015, 42쪽) 눈부신 기술 발전에
황홀해하면서도, 캄푸스는 단순한 찬양 일변도로 흐르는 우를
범하는 대신, 적절하게 고전을 소환하면서 선형적인 시간 개념을
흐트러뜨렸다.

    열이 오른 상태로 열대 자연을 보듯 엔진들을
  바라본다 ─
    철과 불과 힘으로 만들어진 위대한 인간의 열대 ─
    나는 노래한다, 현재를 노래한다, 또한 과거와 미래도,
    현재는 모든 과거이자 모든 미래이기에,
    전깃불들과 기계들 속에는 플라톤과 베르길리우스가
  있다
    단지 옛날에 베르길리우스와 플라톤이 존재했으며,
  인간이었다는 이유 하나 때문에,
    그리고 어쩌면 50세기에서 온 알렉산드로스대왕의
  조각들과,
    100세기 아이스킬로스의 뇌를 뜨겁게 달굴 원자들이,
    이 동력전달장치의 벨트와 피스톤과 관성 바퀴들을
  통과한다,
    으르렁거리고, 삐걱거리고, 윙윙거리고, 쾅쾅거리고,
  덜거덕거리며, (……)

이것만으로는 부족하다는 듯이, 캄푸스는 기계와의 완전한 합일을 갈구하는 듯했다. "아, 엔진이 하는 것처럼, 내 전부를 표현할 수 있다면!/ 기계처럼 완전해질 수 있다면!" 그러나 이러한 '유사-기계'로의 변신이 실패로 돌아갔음을 표현하듯, 과장된 타이포그래피를 동반한 뜻 모를 의성어들이 배치된다. 이러한 '음성-시각'적 표현 기법은 《오르페우》2호에 실린 「해상 송시」에서도 발견된다. 이런 식으로 창간호의 상징주의 풍 일러스트레이션와 확연히 구분되는 모던한 표지 디자인과 함께 《오르페우》2호는, 특유의 비타협적이고 도전적인 태도를 더 분명하게 드러내며 동시대 유럽 문학의 최신 조류들의 영향도 보여 준다. 「해상 송시」 외에도, 페소아는 "교차주의"의 전범이 될 「기울어진 비」를 자신의 이름으로 기고하고, 당시 리스본의 한 정신병원(현재 미겔 봄바르다 병원)에 입원 중이던 시인 안젤루 리마에게도 청탁을 해 시 원고를 받아 잡지에 실었다.

　《오르페우》가 어느 특정한 문학 사조를 대표하지 않도록 페소아는 주의를 기울였지만, 영국인 편집자 프랭크 파머에게는 잡지를 소개하면서 "시대를 앞서가는 문학의 온갖 종류들에 대한 리뷰이며, 이곳에서는 교차주의라 부르는 유사-미래주의에서 나왔다."(1993A, 182쪽)고 자평하기도 한다. 반면 일간지 《디아리우 드 노티시아스》의 편집장에게 보내는 편지에서 알바루 드 캄푸스는 미래주의와 분명한 선을 긋는다. "《오르페우》의 기고자들을 미래주의에 편입시키는 것은 헛소리를 할 줄도 모르는 것과 같은 것으로, 그 자체만으로도 대단히 유감스러운 일이다."(1996A, 412쪽) 나중에 페소아는 산타-리타 핀토르가 주도한 잡지 《포르투갈 미래주의자》에 산문시 「최후통첩」을 기고하는데, 스캔들을 일으킬 만한 내용 때문에 발매와 동시에 가판대들에서 경찰로부터 압수를 당한다. 이 기고는 사실 캄푸스의 감각주의적 잠재력을 표현하기 위한 기회로서 페소아가 잡지를 활용한 것이지, 미래주의 자체에 대한 찬동을 의미하지는

않았다. 「최후통첩」은 "미래주의적 작품이라기보다 투쟁의
희곡이라 할 수 있다. 페소아의 미래주의는 차라리 《오르페우》
자체와, 「승리의 송시」, 「해상 송시」"(시몽이스, 1950, 415쪽)라 할 수
있다.

두 호의 발간만으로도 《오르페우》는 세간의 관심을 끌며
논쟁을 양산하는 데 괄목할 만한 성과를 거두었다. 친구
아르만두 코르테스-로드리게스에게 보낸 편지(1915년 4월 4일)에서
페소아의 흥분이 생생히 전해진다.

> 우리가 오늘 리스본의 화제야. 아무 과장 없이 너한테
> 얘기하는 거라네. 스캔들이 엄청나. 거리에서, 모든 이들이
> (문학계에 있건 아니건) 《오르페우》에 대해 이야기하고 있고,
> 우리를 손가락질하고 있다네. (……) 제일 큰 스캔들은 단연
> 사-카르네이루의 시 「16」 그리고 「승리의 송시」라네. (1999,
> 161쪽)

페소아의 주관적인 인상이 아니었다. 실제로 언론과 기존
문학계의 반응은 뜨거웠다. 그러나 대부분 분노가 아니면 조롱
일색이었다. 《카피탈》지에는 이런 서평이 실렸다.

> 마리우 드 사-카르네이루, 호날드 드 카르바주, 알바루
> 드 캄푸스 그리고 기타 등등이 쓴 것으로 된 시들을 통해
> 우리가 내릴 수 있는 결론은, 이들이 과학이 정신병동
> 안에 있어야 한다고 정의하고 분류하는 족속에 속하며, 그
> 바깥에 있을 때 더 위험하다는 것이다. (주디스, 1986, 61쪽)

다른 언론 보도들의 머리기사들도 당시의 열띤 반응을 잘 보여
준다.

"분노한 비평단"—《에코》, 4월 9일 자

"미친 문학: 포르투갈 '미래주의': 웃기는 데는 성공"
—《아 방가르다》, 4월 6일 자

"횡설수설"—《알렘테주》, 4월 15일 자

《오르페우》의 범죄"—《우 조르날》, 4월 13일 자

"편집증 시인들"—《일루스타사웅 포르투게사》, 4월 19일 자

"진부한 테마에 대한…… 변주"—《테라 노사》, 4월 18일 자

"릴랴포레스(정신병동)의 예술가들"—6월 28일 자

"대단히 파울리즘적인, 정신병동의 문학"
—《문두》, 7월 5일 자

"공감대 없는 미래주의:《오르페우》의 시인들은 결국,
비뚤어진 어린애들에 지나지 않아"—《카피탈》, 7월 6일 자
(주디스, 1986, 59-111쪽)

포르투갈이 1차 세계대전의 중심에서는 비껴가 있었다고는
해도, 정치적 격변기에 작은 일개 문학 잡지가 이 정도 반향을
일으킬 수 있을까 의문이 들기도 하지만……

포르투갈의 문화 공간과 주류 보수주의의 상대적인
편협함은《오르페우》가 그 정신에 거의 지진에 맞먹는
진동을 일으킬 수 있었던 데에 결정적인 조건이었으며,
성역이 된 미학적 가치들의 붕괴를 의미했다. 이는 이
운동을 이끌어 나간 쌍두마차, 다름 아닌 페르난두
페소아와 마리우 드 사-카르네이루의 잠재력과 독창성
때문에 가능했다고 해도 과언이 아니다. (제니스, 2015,
포르투갈 국립 박물관 특별 전시 팸플릿에서 발췌)

세간의 주목을 한 몸에 받고, 판매 실적 또한 나쁘지
않았음에도 불구하고 잡지는 오래 지속되지 못했다. 우리는

앞서 페소아가 잡지의 '성공'에 얼마나 우쭐했는지 확인했다. 사-카르네이루가 또다시 파리로 떠나면서,《오르페우》라는 프로젝트의 성취를 지속시키는 책임은 페소아의 손에 넘어갔다. 당장 눈앞에 떨어진 일은 3호를 만들어 내는 일이었다. 페소아의 비전은 뚜렷했다. 지난 두 호가 상징주의, 습지주의, 미래주의의 혼합물이었다면, 3호는 "감각주의《오르페우》"가 될 것이었다. 10월 즈음, 3호가 출간 준비를 거의 마친 상태였는데, 막판에 페소아 앞으로 사-카르네이루가 급히 휘갈긴 듯한 필치의 편지가 도착한다. 돈줄이 막혔으니 당장 인쇄를 중단해 달라는 소식이었다. 이 갑작스런 메시지가 정말로 경제적인 이유 때문이었는지, 2호 출간 이후 동료들 사이에 반목을 일으킨 캄푸스의 도발적인 공개 편지[2] 때문이었는지, 이유를 알 수 없는 우울 증세를 보이며 파리로 돌아간 사-카르네이루의 개인 사정 때문이었는지, 또는 몇몇 기고자들의 이탈 때문이었는지…… 정확한 이유는 아무도 모른다. 표면적으로는 지금까지 재정적 지원을 해 주던 사-카르네이루의 아버지가 더 이상은 어렵다고 선언한 것이 이유였다. 현재로서 우리가 분명히 말할 수 있는 것은, 약 4개월이라는 짧은 기간 동안 이 잡지가 포르투갈 문학의 지형도를 바꾸어 놓았다는 사실이다. 어떤 비평가들은 《오르페우》를 에즈라 파운드와 윈덤 루이스가 편집한 영국 소용돌이파 잡지《블라스트》와 비교하기도 하는데, 파급 효과만 보면 이를 능가한다.

　　포르투갈 문학사에서《오르페우》의 중요성은 그 핵심 멤버들이 잡지를 발판 삼아 후속적으로 이룬 성취들과 분리하여

---

2) 1915년 7월 3일, 공화파 민주당 당수였던 아폰수 코스타가 테러 위협을 느끼고 전차에서 뛰어내려 크게 부상을 당한 사고가 발생했는데, 며칠 뒤 페소아가 캄푸스의 이름으로 한 신문사에 편지를 보내면서 이 사고를 조롱하는 듯한 언급을 하였다.

설명할 수 없다. 이들은 포르투갈 문학 혁신의 간판이 되었으나, 안타깝게도 그중 다수는 개인사의 불행을 피해가지 못했다. 사-카르네이루는 파리에서 자살을 하고(1916), 산타-리타 핀토르는 결핵으로 사망하고(1918), 아마데우 드 소자 카르도수는 스페인 열병으로, 또 안젤루 드 리마는 20년 동안 갇혀 지내던 똑같은 정신병동에서 1921년에 숨을 거둔다. 비록 잡지는 단명했지만, 거침없는 실험 정신은 영원할 것임을 페소아는 믿어 의심치 않았다. 1935년, 그가 죽은 해에 그는 이렇게 썼다.

　《오르페우》는 끝났다. 《오르페우》는 계속된다."(2009, 95쪽)

4 시적 화두

비개성화[3]

> "진짜 삶은 부재하다" —— 랭보

　영국 낭만주의 시인 존 키츠(1795-1821)는 친구 리처드 우드하우스에게 보낸 편지(1818년 10월 27일)에서 고정된 자아나 정체성이 없는 "카멜레온 시인"이라는 독창적인 발상을 선보인다.

> 시적인 인물 그 자체로는 그는 아무것도 아니다. 그는 모든 것이기도 하고 동시에 아무것도 아니다. 그는 개성이 없으며, 빛과 어둠을 즐긴다. (……) 고상한 철학자에게 충격을 주는 것이, 이 카멜레온 시인에게는 즐거움을 준다. 어두운 면에 대한 그의 탐닉은 밝은 면에 대한 취향만큼이나 아무런 해가 되지 않는다. 둘 다 사변으로

---

3) 비인격화/몰개성화 등으로 번역할 수도 있다.

귀결되기 때문이다. 시인은 존재하는 모든 것 중에서 가장 시적이지 않다. 왜냐하면 그는 정체성이 없기 때문이다. 그는 끊임없이 뭔가 다른 신체를 채운다. 태양, 달, 바다, 남자와 여자 등으로 말이다. 이것들은 충동의 산물이기에 시적이며, 변하지 않는 속성을 지닌 것들이다. 그러나 시인에게는 그러한 정체성이 없다. 그는 신의 피조물 중 단연코 가장 시적이지 않은 존재다. (http://www.john-keats.com/)

주지하다시피 카멜레온이라는 동물은 자신의 환경 색에 맞춰 피부 색깔을 바꾼다. 시인 역시 고정된 정체성이나 개성을 지니지 않아서 다른 이의 정체성이나 신체로 자유로이 위장할 수 있고, 자신의 의도에 따라 그들을 대변할 수 있다. 스테판 말라르메(1842-1898)도 앙리 카잘리에게 보낸 편지(1867년 5월 14일)에서 "비인격화"를 통해 주체를 지우고 비워 내는 경향을 보여 준다.

그걸로 자네도 알겠지, 나는 이제 비인격적이 되었고, 더 이상 자네가 알던 스테판이 아니라, 한때 나였던 것을 통해 영적인 우주가 보고 발전시키는 어떤 능력이라는 걸 말이네. (말라르메, 1988, 74쪽)

4년 후, '고정된 존재, 단일한 주체로서의 나는 없다.'는 생각은 시인 랭보가 조르주 이장바르에게 보낸 유명한 편지 속 표현 "나는 타자다(Je est un autre)."에서 절정에 이른다. 이 선언은 현대 시의 시작을 예언적으로 알렸고, "그 특징은 시적 주체와 경험적 주체의 비정상적인 구분을 시작한 랭보를 현대시와 연결시켰다."(다이버스, 2002, 36쪽) 주체의 고정성, 단일성, 일관성에 대한 기존의 이해 방식을 서서히 탈피해 가는 것은 시대의 특징이기도 했다. 모더니스트 시인 엘리엇은 유사한 문제의식을 다른 방식으로 풀어낸다. 「전통과 개인의 재능」(1919)에서 엘리엇은 "예술의 감정은 비인격적"(엘리엇, 1999, 22쪽)이며, "예술의 형식 속에서 감정을 표현하는 유일한 방법은 객관적 상관물(objective correlative)을 찾아내는 일이다. 다른 말로 하면, 몇 개의 대상들, 상황, 사건의 연속들이 그 특정 감정을 위한 공식이 될 것이다. 그래서 감각적 경험으로 결말이 나야 하는 외면적 사건들이 주어졌을 때, 감정들은 즉시 불러일으켜지는 것"(마티에슨, 1947:58)이라 말했다. 그는 또한 셰익스피어의 『햄릿』을 예술적 실패작이라고 비판하면서 "햄릿은 표현할 수 없는 감정에 지배당한 인물이었는데, 그것은 출현하는 사실들의 과도함 때문이다. 여기서 우리는 셰익스피어가 자신에게 과분한 문제에 직면했음을 인정해야 한다."(웅거, 1961:36)

포르투갈 문학에서 스스로를 비우고 타자-되기를 시도한 예는 페소아 이전에도 있었다. "1869년 이후, 에사 드 케이로스(1845- 1900)와 안테루 드 켄탈이 카를루스 프라디크 멘데스라는 존재하지 않는 시인을 세상에 선보인 이후, 문학운동을 시작할 때 신비화에 기대는 전통이란 게 있었다고 할 수 있"(몬테이루, 1981, 29쪽)으며, "페소아 시대에 근접해서는, 세자리우 베르드가 「슬픈 억양」이라는 일인칭 시에서 마가리다라고 하는 여성 역할로 분한 적이 있다."(카스트루, 2013, 205쪽) 페소아는 이러한 '전통'을 단순히 물려받은 데 그치지 않고, 객관적(비인격적) 접근을 방법론 삼아 한 차원 더 밀고 나갔다.

여러 가지 다른 방식으로, 모든 위대한 (그리고 평범한) 모더니스트는 낭만주의자들과는 대조적으로, 텍스트 뒤에 있는 자연인으로서의 저자가 사라지도록 글을 썼다. 그것이 자전적 요소이든 감정에서 끌어오는 경우든 마찬가지로 말이다. 우리는 그들이 시 속에서

현실에서 가지지 못한 삶을 열렬히 상상했다고 말할
수 있다. 우리가 잘 알 듯이, 이러한 목표를 페소아처럼
엄청난 극단까지 몰고 가 놀라울 정도로 현실화시킨
사람은 아무도 없다. 발레리, 앙드레 지드, 프루스트,
조이스, 릴케, 안토니오 마차도, 예이츠, 엘리엇, 파운드의
알터에고(제2의 자아: 역자주)들, 그리고 그에 준하는 이론을
가진 다른 작가들 역시 명작을 남겼을지 모르나, 이러한
목적이 온전히 이해도 되기 전에, 또는 그것이 지금처럼
지극히 진지한 시적 창작으로 인정받기 전에 이미
페소아가 갔던, 페소아를 전설로 만든 그 극단까지는
절대로 가지 못했다. (몬테이루, 1981, 23쪽)

정체성 없는 시인이라는 관념, 정체성이 없을수록 시적 창작의
잠재성은 더 증가한다는 명제를 페소아만큼 적극적으로 실험해
본 시인은 없었다. 이명들과 복잡한 의식을 지닌 시적 주체들의
발명, 복수성과 다중성의 체화는 비인격화된 자아의 좋은
사례다. 우리는 페소아가 이명의 기원을 그의 쉼 없는, 자연스러운
비인격화와 시뮬레이션 경향과 연결시킨 것을 알고 있다. 이러한
비인격화를 통해 페소아는 시적 창작의 위계를 설정하고 싶었다.
서정시의 세 가지 단계에 대해 설명하면서, 그는 가장 우월한
단계에서는 비인격화가 적용되어야 한다고 강조했다.

서정시의 네 번째 단계, 즉 가장 희귀한 단계에서,
더더욱 이지적이면서도 동시에 그만큼 상상력이 풍부한
시인은 완전한 수준의 비인격화 단계로 접어든다. 그는
단지 느끼는 것이 아니라, 그가 직접 가지지 않는 영혼의
상태들을 살아 낸다. 상당히 많은 경우에, 이것은 극시에
맞을 수 있다. 정확히 말해서 셰익스피어가 한 것처럼, 그가
이루어 낸 비인격화의 놀라운 수준으로 인해 본질적으로

서정 시인이 극 시인으로 거듭난 것이다. (1966, 67쪽)

　페소아는 그가 인물들의 "펼치기(전개)"라고 명명한 창작 과정을 통해 극 시인이라는 개념을 발전시켰다. 그를 한 명의 드라마투르그라 부를 수 있다면, 그의 극작품은 "행동 대신에 인물로 된 드라마"(몬테이루, 2000, 66쪽) 또는 "연기가 아니라 인물로 이루어진 드라마"(2006, 23쪽, 리처드 제니스의 「서문」 중에서)였다. 여기서 "극적(dramatic)"이라 함은 페소아가 연극의 형식을 도입해 등장인물의 행동을 일일히 묘사했다는 의미가 아니라, 다수의 인물들로 구성된 전개 자체로 무대가 이루어지면서 저절로 극적 효과가 획득된다는 뜻이다. 모든 것에 위계를 부여하기를 좋아한 페소아에게, 펼치기에도 위계가 없을 수 없다. 왜냐하면 "전개라는 것은 많은 경우, 일종의 자위행위 현상"(1990, 421쪽)이 되기 쉽기 때문이다.

　　　이러한 인물의 펼침, 혹은 상이한 인물들의 발명에 있어서 두 개의 종류 혹은 위계가 있는데, (……) 각각의 특징이 다르다. 첫 번째 단계는, 개성들이 (나와는 다른) 생각이나 각각의 감정을 가지고 구별 짓기를 한다. 더 낮은 단계에서는, 이성이나 주장으로 구별을 하는데 그것들은 내 것이 아니고, 만약 내 것이라면 나도 모르는 것들이다. 「무정부주의 은행가」가 낮은 단계의 사례이고, 『불안의 책』의 베르나르두 수아르스는 상위 단계에 속한다. (1966A, 105쪽)

　페소아의 시에서 진정한 펼침은 "본인과 의식을 구분 짓고, 이를 드러내는 새로운 종류의 의식이 존재한다는 점이다. 이 펼침은 여기도 저기도 아닌, 보이지도 보이지 않지도 않는 공간을 만들어 낸다. 하지만 이것은 무의식의 공간이 아니라,

차라리 초의식(hyperconsciousness)의 공간이다."(마르틴스, 2014, 54쪽)
이는 페소아가 주창한 "감각주의(Sensacionismo)"라는 이론으로
체계화되는데, 이를 논하기 위해서는 별도의 지면이 할애되어야
하겠다.

진실성과 비진실성

진실성(Sinceridade)은 페소아가 자주 화두로 삼은 주제다. 단
도덕적 차원에서 개인의 진실성을 말하는 것이 아니라 문학적
맥락 안에서의 진실성을 말한다. "그저 사람들에게 충격이나
주려고 만들어 낸 것, 또는 (이 부분이 더 중요하니 특히 주목해야
하는데) 아무런 본질적인 형이상학적 생각을 담고 있지 못한
것들, 진실하지 못한 것을 일컬어 나는 진실성이 결여되었다고
말한다."(1985, 42-43쪽)고 페소아는 비판한다. 그런데 다른
한편에서는 "시인이란 척하는(흉내 내는) 사람"이라고 정의 내리는
그에게 대체 시적 진실성은 어떤 의미를 지닐까?

페소아가 만들어 낸 시인들 중에서 가장 진실하다고, 또는
가장 덜 연기를 한 것처럼 느껴지는 시인은 아무래도 알베르투
카에이루일 것이다. 페소아도 캄푸스를 통해 분명히 말했다.
"나의 스승 카에이루는 세계에서 유일하게 온전히 진실한
시인이었다."(2006A, 119쪽) 실제로 독자는 카에이루의 시에서
어린아이와도 같은 단순성이나 정직함을 쉽게 느낄 수 있으나,
이것이 "이지적인 진실성"(시몽이스, 1950, 267쪽)이라는 점도 잊지
말아야 한다. 카에이루는 추상적으로 구현된 시적 자아로
"지적인 형식 내에서의 진실성"(같은 책, 275쪽)이었다. 그렇다면 이런
질문도 가능하다. "만약 그의 진실성이 그저 우연에 불과하다면,
카에이루의 시에 페소아가 그러한 진실성을 부여할 이유가
있겠는가?"(같은 책, 278쪽)

어쩌면 페소아에게 카에이루는 그가 낭만주의 시에서 발견한
문제점을 해결해 주기 위해 고안한 시적 장치인지도 모른다.

페소아는 낭만주의적 감정의 분출이라는 측면의 진실성에는 전혀 공감하지 않았다. 그에게 시인이란 이따금 진실성을 표현할 수는 있어도, 감정적 경험에 시인 자신이 직접 연루되어서는 안 되는 존재다. 시의 무대에서, 시적 자아는 진실성의 연기를 실행할 뿐이고, 이 '배우'의 안무나 연기는 시인에 의해 사전에 철저히 계획되고 연출된 것이어야 했다. 페소아는 시적 자아가 시인 본인과 다르지 않은 낭만주의의 등식을 수정하며, "감정적 진실성≠시적 진실성" 또는 "시적 자아≠시인≠저자"라는 점을 강조했다. 왜냐면 한 저자 안에는 수많은 저자들이 있을 수 있기 때문이다. 이 차이가 자리를 잡으면, 감정의 객관화라는 목적도 실현될 수 있다.

> 진실성은 가장 위대한 예술적 범죄다. 비진실성은 두 번째로 위대하다. 위대한 작가는 인생에 대해 정말로 근본적이고 진실한 의견을 갖지 말아야 한다. 하지만 그것은 진실을 느낄 수 있는 능력을 갖도록 해 줄 것이다, 아니 일정 정도의 시간 동안 무엇에 관해서건 완벽하게 진실할 수 있는 능력을 말이다. 시상을 떠올리고 시를 쓰기 위해 필요한 그 시간 동안 말이다. 이러한 시도를 하기에 앞서 먼저 예술가가 될 필요가 있다는 점을 일러둘 필요가 있을지도 모르겠다. 당신이 중산층이나 서민으로 태어났다면 귀족이 되려고 노력하는 것은 부질없는 일이다. (2015, 75쪽)

진실성 그 자체는 현대시의 목적, 아니 최소한 페소아의 시에 기여하지 못한다. 진실한 감정이 무용하기 때문만이 아니라, 적절한 방법론을 위한 구성 요소가 못 되기 때문이다. 시인이 진실성을 직접적으로 추구하면 오히려 성취되기 요원하다는 원칙이 페소아의 작품을 지배하는 미학적 태도다. 우리는 우리의 감각, 감정, 느낌을 지적으로 의식해야 하고 때로는 감시해야 하며, 가능한 객관적인 거리를 유지해야 한다. 『도리언 그레이의 초상』에서도 "방법론으로서의 비진실성"이라는 유사한 개념을 발견할 수 있는데, 오스카 와일드는 이렇게 말한다. "비진실성이 나쁜 것인가? 그렇지 않다. 그것은 우리가 우리 정체성을 복수화할 수 있게끔 하는 방법일 뿐이다."(와일드, 1991, 251쪽) 폴란드 작가 비톨트 곰브로비치도 비슷한 생각을 가졌다.

> 진실성? 그건 내가 작가로서 가장 두려워하는 것이다. 문학에서 진실성은 아무 데도 데려다주지 않는다. 예술의 역동적인 이율배반에 다른 것이 있다. 우리가 더 꾸며 낼수록, 우리는 진실성에 더 가까이 다가간다. 꾸며 내는 것은 예술가가 부끄러운 진실로 접근하도록 허용해 준다. 나의 일기로 말할 것 같으면…… 당신은 한 번이라도 '진실한' 일기를 읽은 적이 있는가? '진실한' 일기는 가장 허위에 찬 일기다, 왜냐하면 진실성은 이 세계의 것이 아니기 때문이다. 그리고, 길게 보자면, 진실은 어찌나 지루한지! 그것은 아무런 효과가 없다!"(곰브로비치, 1973, 126쪽)

그렇다고 페소아가 무조건적으로 비진실을 추구한 것은 아니며, 꾸며 내기 위해 꾸며 낸 것도 아니었다. 그가 "시인은 척하는 자"라고 했지 "시인은 거짓말쟁이"라 하지는 않았다는, 일견 사소해 보이는 차이에 주목하자.

> 진실이 부정되면서, 우리는 거짓말 말고는 우리를 즐겁게 할 것을 갖지 못하게 되었다. 우리는 이것을 가지고, 그것을 진실이 아닌 있는 그대로 다루면서 즐길 수 있다. 어떤 형이상학적인 기회가 주어졌다면, 우리는 그것으로 체계에 대한 거짓말이 아니라, 시나 소설에 관한

진실을 만들어 낼 것이다. 우리가 거짓말이라는 걸 알기에 결국 거짓말이 아니라는 의미에서의 진실. (1990, 114쪽)

그러나 이것도 페소아가 진실이라는 관념에 대해 완전히 비관적이었다거나, 그가 시를 통한 진심 어린 소통의 욕구를 결여했다고 생각하게 만들지는 않는다. 비진실성은 그에게 차라리 하나의 방법론, 진실에 도달하기 위한 효과적인 문학적 우회로, 즉 시적 핍진성이었다고 할 수 있다.

파편성

아르만두 코르테스-로드리게스에게 쓴 편지(1914년 11월 19일)에서 페소아는 글쓰기의 좌절감을 토로한다. "나의 정신 상태는 내가 원하지도 않는데 『불안의 책』의 작업에 엄청나게 열중하게 만들고 있어. 그런데 전부 단상, 단상, 단상 뿐이라네."(1944, 39쪽) 사실 그의 파편적인 글쓰기 "스타일"(이라고 부를 수 있다면)은 단지 『불안의 책』만을 특징짓는 형식이 아니라 다른 글들에서도 눈에 띈다. 그렇다고 그 이유를 완성할 능력의 부재 때문이라고 섣불리 결론짓지 말자. 여러 사례를 통해 이를 반증했기 때문이다. 높은 단계의 생각들은 손쉬운 정리나 종합에 저항한다는 것을 잘 알고 있었던 페소아는, 카에이루로 하여금 이런 의미심장한 말을 하게 했다. "자연은 전체가 없는 부분들이다."(2008, 47쪽) 하지만 파편성에 대한 과대평가를 경계해야 함도 잘 알고 있었다.

감각주의의 세 번째 교리 즉 미학은, 전체를 이루는 제아무리 작은 조각이라도 그 자체로 완전해야 한다는 것이다. 이는 상징주의자들을 포함한 모든 예술가들이 과장되게 고수했던 원칙인데, 그들은 기질적으로 잘 조직된 위대한 전체는 물론이고, (낭만주의자들처럼) 길고

유려한 장문을 창조하는 데도 무능해서, 아름다운 개별 문장이나 완성도가 높지만 굉장히 짧은 서정시를 만들어 내는 데 열중했다. 물론 그것들도 아름다울 때는 비할 바 없이 아름답지만, 예술의 낮은 단계에 지나지 않는 그 감상에 빠지는 것은 위험한 일이다. (2009, 156쪽)

단상만 양산하는 글쓰기가 저자의 순수한 의도라고 판단하는 것은 오해다. 실제로 이 주제에 대해 페소아는 진지한 자가 진단을 내리면서 "이제는 내가 어떤 종류의 인간인지 말할 때가 되었다."라는 문장과 함께 시작하는 무제 글을 하나 남겼다.

　(······) 나의 글쓰기는 그 어느 것도 마무리된 것이 없다. 항상 새로운 생각들······ 기발하고, 버릴 수 없는 생각의 조합들이 무한하게 방해를 한다. 나는 나의 생각들이 완성을 증오하는 것을 막을 수가 없다. 하나의 생각에도 수만 가지 생각, 수만 가지 생각의 수만 가지 상호-조합이 떠오르는데, 나는 이것들을 제거하거나 붙잡을 의지가 없음은 물론, 이것들을 하나의 중심적인 생각에 모음으로써 그들의 중요하지 않지만 관련된 디테일들이 유실되는 것도 원하지 않는다. 그들은 내 안을 지나간다. 그들은 내 생각들이 아니라, 내 속을 지나가는 생각들이다. 나는 생각하지 않는다, 나는 꿈꾼다. 나는 영감을 받는 것이 아니라, 횡설수설한다. 나는 그림을 그릴 줄은 알지만, 한 번도 그림을 그린 적이 없다. 나는 작곡을 할 줄은 알지만, 한 번도 작곡한 적은 없다. 세 가지 예술에 대한 이상한 개념들, 상상하기의 사랑스러운 붓질들이 나의 뇌를 쓰다듬는다. 하지만 나는 그것들이 죽을 때까지 잠들도록 놔둔다. 왜냐하면 그들에게 신체를 부여하거나, 그들이 외부 세계의 것이 되도록 만들 힘이

나에게 없기 때문이다. (1966A, 15쪽)

우리는 여기서 그가 글을 하나의 유기적인 신체와 연결 짓는
상상력을 읽을 수 있다. "자아의 수준에 있어서도 통합체(또는
단일체: unity)는 없다는 페소아의 확신은 (……) 궁극적이고
초자연적인 통합체라는 생각의 거부에서 비롯된다. (……)
그러나 이것이 그가 통합체를 욕망하지 않았다는 말은 아니다.
아이러니컬하게도, 그는 파편화된 자아의 이명성 속에서, 일관성
있는 전체를 형성하는 상호 연결된 작지만 완벽한 우주를
구축하려고 애썼다. 그리고 그의 모든 문학적 창조물들은
전반적인 존재론적 혼란의 상태 속에서도 이러한 통합의 순간,
완벽의 순간을 성취하기 위한 시도들이었다."(2006, 29쪽, 리처드
제니스의 「서문」 중에서) 이 끊임없는 시도와 시행착오는 대개의 경우
더 많은 파편을 양산하는 쪽으로 결말이 나곤 했는데, 이 경향은
산문에서 더 많이 발견된다. 아무래도 시라는 장르 자체가
간극(gap)에 있어 허용도가 높기는 하다. 미국 시인 레이철 블라우
뒤플레시스는 시와 산문을 구분하고, 시적 간극과 파편성의
의미를 설명하기 위해 분절성(segmentivity)이라는 말을 쓴다.
그녀에게 "시란 의미를 생성하기 위해 분절성과 간극 두기에
철저히 의존하는 담론의 형식이고, (……) 시는 간극(행 바꿈, 연
바꿈, 페이지의 여백 등)의 타협을 통해 의미 있는 시퀀스를 만들어
내는 행위를 동반한다. 반면 단편(segment)들을 선택하고, 배치하고
결합함으로써 의미를 규정하고 생산하는 능력인 분절성은
시라는 장르를 규정하는 근본적인 특징이다.(맥헤일, 2009, 14쪽)"
이러한 시와 분절성의 긴밀한 관계 때문에 페소아의 시에서
파편적 글쓰기가 눈에 덜 띄는 걸까? 실제로 그는 산문보다는
시를 더 많이 완성했다. 하지만 전체적으로 봤을 때 여전히
미완성, 미발표작이 훨씬 많은 작가였다. 비평계의 찬사와 명예를
은근히 열망했던 그가 완성이나 발표를 목전에 두고도 내켜 하지

않았던 이유는 그의 완벽주의 때문일까? 무시나 냉소, 알아보지 못할 것의 두려움이 다른 모든 욕망을 압도했는지도 모른다.

> 스페인에는 감동이나 영향을 줄 수 있는 교양 있는 대중은 있지만, 정작 그들을 움직일 인물은 없다. 반면 포르투갈에는 (지적인 가치로서) 대중을 움직일 수 있는 소수의 인물은 있지만, 움직일 만한 교양 있는 대중이 없다. (1966, 355쪽)

그래서 그는 그저 쓰기만 했다. 동시에 밀려오는 생각의 파고들을 받아들이면서, 양 떼 아니 생각 떼의 목동으로 남기를 자처하면서, 지치지 않고 꾸준하게, 머릿속을 흐르는 작은 생각의 실타래 하나조차 놓치지 않으려 노력하면서. 완성에 번번이 실패했던 것과 마찬가지로, 그는 쓰기를 멈추는 데에도 실패했다. 그는 쓰기 위해 썼고, 구체적인 목적 없이도 썼고, 일관성 있는 사고나 논리 전개를 염려하지 않고 써 나갔다. 그래서 파편적 글쓰기는 그에게 "문제가 아니라 해결책"(피사로, 2012, 108쪽)처럼 보이기까지 한다. 그리고 만약 그랬다면 그것은 무의식적인 해결책이었으리라.

간섭

페소아는 숨을 거둘 때까지 하루도 글쓰기를 멈추지 않았지만, 자주 '간섭'(또는 방해: interrupção)을 받았던 것 같다. 페소아는 1934년에 「폴록에서 온 남자」라는 흥미로운 텍스트를 썼다. 새뮤얼 콜리지(1772-1834)가 1797년에, 아편 때문이라고 추측되는 무아지경에서 「쿠빌라이 칸」을 쓰고 있을 때 불쑥 "폴록에서 사업차 온" 의문의 방문자 때문에 방해를 받았고, 이 때문에 창작의 흐름이 갑자기 중단되어 시가 54행에 머물러 미완성으로 남았다는 이야기다. 페소아는 「쿠빌라이 칸」을

"거의-시"라고 폄하하는 동시에 "영문학 사상 가장 뛰어난 시 중 하나"(2006A, 116쪽)라고 추켜세우며, 환대받지 못한 이 영감의 방해자에 대해 독특한 해석을 가한다.

우리는 모두 꿈속에 있는 동안 창작을 한다. 깨어 있는 상태에서 (시를: 역자주) 짓기는 하지만. 아무도 우리를 방문하지 않더라도, "폴록에서 온 남자"는 우리에게 온다. 우리 안에서, 예상치 못한 불청객으로서. 우리가 진실로 생각하거나 느끼는 것, 진실로 우리인 것 (우리가 그것을, 우리 자신에게만 표현할 때조차도) 모두 이 방문자의 치명적인 방해를 경험하며, 그는 바로 우리 자신이기도 하다. 그 외부의 인물은 우리 모두가 데리고 다니는 존재로, 우리 자신보다 삶에서 더 진짜다. 그것은 우리가 배운 것, 우리가 우리 자신이라 평가하는 것, 우리가 되기를 원하는 것 모두의 총체다. (산투스, 2003, 237쪽)

페소아는 콜리지의 이 수수께끼 같은 일화의 약점을 꼬집는다. 폴록에서 온 남자가 익명의 인물이라는 점이다. 페소아의 해석에 따르면, 간섭은 외부 세계에서 오는 게 아니라 우리 자신에게서 비롯되므로, 우리가 우리 자신의 방해자다.

시의 시작과 끝 사이에 나타나는, 우리가 계속해서 쓰지 못하도록 만드는 이 방문자(언제나 알 수 없는, 바로 우리이기에 그 누군가는 아닌 그 불청객 — 그는 살아 있으면서도 "비인격체"이기 때문에 언제나 익명이다.)의 방문을 우리 모두가 받아야만 하는 이유는 우리의 약함 때문이다. 그것이 위대한 예술가이건 삼류건, 정말로 살아남는 것은 우리가 뭐가 될지도 모르는 것들의 조각이다. 그것은, 그게 뭐라도 된다면, 우리 영혼의

표현일 것이다. (같은 책)

페소아가 "콜리지의 천재성, 영감, 창조성과 방해에 관한
아이디어와 표현을 훔쳐서, 시적 창작의 관한 그만의 독창적인
이미지를 구축하기 위해 그 요소들을 변화시킨"(카스트루, 2014, 58쪽)
걸까? 아니면, "스승 카에이루가 갑자기 그 안에서 '일어나듯'이
('방문자', '예상 밖의 불청객' 또는 '치명적인 방해'처럼) 카에이루,
레이스, 캄푸스 그리고 본명 페소아가 (다른 '책 속 인물들'과
마찬가지로) 시적 전략의 하나로 간섭에 관한 한 가장 대담한
극화가 된 것(산투스, 2003, 237쪽)"일까?

스스로가 주장하듯 동시에 넘쳐흐르는 아이디어들의 물결
속에 잠겨 사는 페소아의 문을 두드린 방해자는 대부분 페소아
자신이었을 것이며, 그가 여러 사람이었기에 두드림 또한
복수였을 것이고, 여기에 그의 이명들까지 가세했을 것이다.
그리고 이들은 창작의 방해꾼이라기보다 오히려 시심에 불을
지핀 뮤즈였을지도 모른다. 폴록에서 온 방문자가 영감의 흐름을
단절시켰는지 창작에 기여했는지는 몰라도, 페소아가 환영받지
않은 손님들로부터 영감을 훔치는 솜씨가 있었던 것은 분명하다.

후기의 후기: 페소아 알아보기

가끔 이런 질문을 받는다. 페소아만의 특별함, 그만의
고유성이나 독창성을 한마디로 요약한다면 무엇이겠냐고.
지금까지 우리가 페소아의 이명, 전기적 사실, 시적인 화두 등을
간략하게나마 살펴봤지만, 그 어느 하나의 특징만으로 그를
설명하기 어렵다는 점을 독자도 느낄 것이다. 비단 페소아만
그런 것은 아니겠으나, 그의 경우는 이러한 환원이나 정리를
거부하려는 성질이 조금 더 본질적이었다고 할 수 있다. 굳이
그를 요약하려 시도해야 한다면, 바로 이런 '안티' 정신이야말로
그를 특징짓는 핵심 요소에서 빠질 수 없으리라.

그가 (서양 시의 전통에서: 역자주) 대표하는 것은
부정(denial)이다. 그는 감상성뿐만 아니라, 시적 내용의
주제로서의 감정 자체도 부정했다. 대신 그는 사고,
직관, 비전과 예언을 감정과 느낌의 우위에 두는 태도를
대표한다. 그의 문학적 생각들은 여러 도발적인 기고문을
통해 표현된 것처럼, 시의 내용에 대한 의문 제기, 재평가,
심화, 승화 그리고 새로운 표현 형식에 대한 탐색을
대표한다. 그만의 고유한 작품들을 통해 그는, 프랑스
상징주의 시가 일구어 낸 종류의 새로운 시적 문법을
포르투갈어에 도입하였고, 시적 어휘를 새로이 하는 한편,
패러디를 제외하고는 기존 포르투갈의 문학적 전통이
축적한 시적 화법들과 유사한 그 어떤 답습도 신중히
피해 갔다. (……) 우리는 한 인간의 관점으로 그의 시를
설명할 수 있는가? 반대로 시의 관점에서 인간을 설명할
수 있는가? 아마도 굉장히 제한된 범위 안에서만 가능할
것이고, 어쩌면 시도부터 오류일 것이다. (……) 무엇보다
페소아는 이미 받아들여진 가정들에 질문을 던지게 하고,
당연시하는 것들에 대해 한층 깊이 파고들어 가게 만들고,
새로운 행간에 대해 생각하게 하고, 놀랍도록 파격적인
방식으로 이것들을 제시하는 장점을 갖추었다. 많은
시인들이 밤을 돈호법으로 불렀지만, 누가 페소아처럼
불렀는가? 누가 페소아처럼 자신을 타인의 마지막 시선과
비교했는가? 누가 하프 연주자의 손이 아닌 그녀의
몸짓에 키스하기를 갈망했는가? 누가 그토록 넓게,
그토록 독창적으로, 그토록 다채롭게(다방면으로) 그리고
동시에 그토록 고통스럽고 또 그토록 날카롭게, 존재의
신비와 인간의 정체성 찾기에 대해 그토록 많은 관점들을
넘나들었는가? (1971, 53-56쪽, 피터 리카르트의 「서문」 중에서)

페소아가 「비판의 무용함」이라는 글을 쓰는 등 세간의 비평에 짐짓 회의적인 태도를 취했다고는 해도, 그 역시 자신의 진가를 제대로 알아보는 비평적 시선을 갈구하고 세상과 역사의 인정에 내심 목말라한 한 명의 인간이었다. 안타깝게도 이런 면에 있어서 생전 그다지 운이 따르지 않았기 때문에 그는 비평가들에 대해 호의적이지 않았고, 진정한 독창성은 당대에 인정받기 힘들다고 단정했다.

> 누군가의 눈앞에 정말로 독창적인 예술 작품이 나타난다고 가정해 보자. 보는 사람은 이를 어떻게 평가하는가? 그 이전의 예술 작품들과 비교하면서다. 그러나 그것이 독창적이라면, 그것은 과거의 예술 작품으로부터 떠나서 멀어져야 할 것이다.(그리고 더 독창적일수록 더 멀어질 것이고) 이렇게 하는 한, 이것은 비평가가 머릿속에 가지고 있는 미학적 정전들과 맞지 않을 것이다. (1966, 44쪽)

페소아의 말처럼 우리도 그가 과거의 인물이 되었기 때문에 이제서야 그의 독창성을 알아보는 것인지 모른다. 아니 어쩌면 우리는 지금도 그를 제대로 알아보지 못하는지도 모른다. "그래서 우리는 이렇게 결론을 내릴 수밖에 없다. 철학은 — 최소한 아직까지는 — 페소아의 조건을 갖추지 못했다고. 그 사고방식은 아직도 페소아를 논할 자격이 없다고."(바디우, 2005, 36쪽)

참고 문헌

〔페소아의 책〕

Pessoa, Fernando, *Cartas de Fernando Pessoa a Armando Côrtes-Rodrigues,* Lisboa, Confluência [3a ed. Lisboa, Livros Horizonte, 1985], 1944.

_____. *Poemas de Alberto Caeiro* (Nota explicativa e notas de João Gaspar Simões e Luiz de Montalvor), Lisboa, Ática [10a ed. 1993], 1946.

_____. *Cartas de Fernando Pessoa a João Gaspar Simões* (Introdução, apêndice e notas do destinatário), Lisboa, Europa-América [2a ed. Lisboa, Imprensa Nacional - Casa da Moeda, 1982], 1957.

_____. *Da Poesia Portuguesa* (Conferência proferida em 12 de Dezembro 1946 no Ateneu Comercial do Porto), Lisboa, Ática, 1959.

_____. *Páginas de Estética e de Teoria Literárias* (Textos estabelecidos e prefaciados por Georg Rudolf Lind e Jacinto do Prado Coelho), Lisboa, Ática, 1966.

_____. *Páginas Íntimas e de Auto-Interpretação* (Textos estabelecidos e prefaciados por Georg Rudolf Lind e Jacinto do Prado Coelho), Lisboa, Ática, 1966A.

_____. *Fernando Pessoa, Selected Poems* (Translated and Introduction by Peter Rickard), Edinburgh, Edinburgh University Press, 1971.

_____. *Obra em prosa*, Rio de Janeiro, José Aguilar, 1974.

_____. *Textos de Crítica e de Intervenção*, Lisboa, Ática, 1980.

_____. *Cartas de Fernando Pessoa a Armando Côrtes-Rodrigues* (Introdução de Joel Serrão), Lisboa, Confluência [3a ed. Lisboa, Livros Horizonte, 1944], 1985.

_____. *Obra Poética e em Prosa* (Organização, introduções e notas de António Quadros) 3 vols., Porto, Lello & Irmão, 1986.

_____. *Pessoa por Conhecer II - Textos para um Novo Mapa* (Edição de Teresa

Rita Lopes), Lisboa, Estampa, 1990.

____. *Pessoa Inédito* (Orientação Teresa Rita Lopes), Lisboa, Livros Horizonte, 1993A.

____. *Poemas de Ricardo Reis*, Edição Crítica de Fernando Pessoa, Série Maior, vol. III. (Edição de Luiz Fagundes Duarte), Lisboa, Imprensa Nacional Casa da Moeda, 1994.

____. *Fernando Pessoa & Co.: Selected Poems* (Translated and edited by Richard Zenith), New York, Grove Press, 1998.

____. *Correspondência 1905-1922* (Edição de Manuela Parreira da Silva), Lisboa, Assírio & Alvim, 1999.

____. *Crítica, Ensaios, Artigos e Entrevistas* (Edição de Fernando Cabral Martins), Lisboa, Assírio & Alvim, 1999B.

____. *Selected prose of Fernando Pessoa* (Translated and edited by Richard Zenith), New York, Grove Press, 2001.

____. *The Book of Disquiet* (Translated by Richard Zentih), New York, Penguin Classics, 2002.

____. *Escritos Autobiográficos, Automáticos e de Reflexão Pessoal* (Edição e Posfácio de Richard Zenith), Lisboa, Assírio & Alvim, 2003.

____. *Prosa de Ricardo Reis* (Edição de Manuela Parreira da Silva), Lisboa, Assírio & Alvim, 2003A.

____. *A Little Larger Than Entire Universe: Selected Poems of Fernando Pessoa* (Translated and edited by Richard Zenith), USA; UK, Penguin, 2006.

____. *Prosa Publicada em Vida*, Obra Essencial de Fernando Pessoa #3 (Edição Richard Zenith), Lisboa, Assírio & Alvim, 2006A.

____. *Escritos Sobre Génio e Loucura*, Edição Crítica, Vol.VII - Tomos I e II (Edição Jerónimo Pizarro), Lisbon, Imprensa Nacional-Casa da Moeda, 2006B.

____. *Poesia dos Outros Eus*, Obra Essencial de Fernando Pessoa #4 (Edição Richard Zenith), Lisboa, Assírio & Alvim [2a ed. 2010], 2007.

____. *Forever Someone Else; Selected Poems* (Translated and edited by

Richard Zenith), Lisboa, Assírio & Alvim. [3rd ed. 2013], 2008.

_____. *Sensacionismo e Outros Ismos*, Edição Crítica, Série Maior, Vol. X (Edição Jerónimo Pizarro), Lisboa, Imprensa Nacional-Casa da Moeda, 2009.

_____. *Poesia Completa de Ricardo Reis*, São Paulo, Companhia das Letras, 2010.

_____. *Prosas Escolhidas: Pessoa e Pessoas* [페소아와 페소아들, Selected Prose of Fernando Pessoa, Seoul, Workroom Press], 2014.

_____. *Sobre Orpheu e o Sensacionismo* (Edição Fernando Cabral Martins e Richard Zenith), Lisboa, Assírio & Alvim, 2015.

[페소아에 관한 책]

Badiou, Alain, *Handbook of Inaesthetics* (Translated by Alberto Toscano), Stanford, Stanford University Press, 2005.

Bloom, Harold, *Poetry and Repression: Revisionism from Blake to Stevens*, Yale University Press, 1980.

Bréchon, Robert, *Estranho Estrangeiro*, Lisboa, Quetzal, 1996.

Crespo, Ángel, *Estudios sobre Pessoa*, Barcelona, Bruguera, 1984.

Castro, Mariana Gray de, *Fernando Pessoa's Modernity without Frontiers: Influences, Dialogues, Responses* (Edited by Mariana Gray de Castro), Woodbridge, Tamesis, 2013.

Coelho, Jacinto do Prado, *Diversidade e Unidade em Fernando Pessoa*, Lisboa, São Paulo, Editorial Verbo, 1969.

Divers, Gregory, *The Image and Influence of America in German Poetry since 1945*, New York, Camden House, 2002.

Eiras, Pedro, *Platão no Rolls-Royce: Ensaio sobre Literatura e Técnica*, Porto, Afrontamento, 2015.

Elkind, David, *Encountering Erving Goffman*, Human Behavior, 1975.

Feijó, António M., *Uma Admiração Pastoril pelo Diabo*, Lisboa, Imprensa Nacional Casa da Moeda, 2015.

Gombrowicz, Witold, *A Kind of Testament* (Translated by Alastair

Hamilton), London, Dalkey Archive Press [2007], 1973.

Lourenço, Eduardo, *Tempo e Poesia:"Orpheu" ou a Poesia como Realidade*, Porto, Editorial Inova, 1974.

Martins, Fernando Cabral, *Introdução ao Estudo de Fernando Pessoa*, Lisboa, Assírio & Alvim, 2014.

Matthiessen, F. O., *The Achievement of T. S. Eliot: An Essay on the Nature of Poetry*, Oxford, Oxford University Press, 1947.

Mallarmé, Stéphane, *Selected Letters of Stéphane Mallarmé* (Eidted and translated by Rosemary Lloyd), Chicago, University of Chicago Press, 1988.

Monteiro, George, *The Man Who Never Was: Essays on Fernando Pessoa*, Providence, R.I., Gavea-Brown, 1981.

_____. *Fernando Pessoa and Nineteenth-century Anglo-American Literature*, Kentucky, University Press of Kentucky, 2000.

Kotowicz, Zbigniew, *Voices of a Nomadic Soul*, Shearsman Books [2nd ed. 2008], 1996.

Patrício, Rita, *Episódios: Da Teorização Estética em Fernando Pessoa*, V. N. Famalicão, Húmus, 2012.

Júdice, Nuno, *A Era do Orpheu*, Lisboa, Editorial Teorema, 1986.

Sacramento, Mário, *Fernando Pessoa: Poeta da Hora Absurda*, USA, Nabu Press, 2011.

Santos, Maria Irene Ramalho, *Atlantic Poets: Fernando Pessoa's Turn in Anglo-American Modernism*, NH, Dartmouth College, UPNE, 2003.

Seabra, José Augusto, *Fernando Pessoa ou o Poetodrama*, Lisboa, Perspectiva, 1993.

Simões, João Gaspar, Vida e Obra de Fernando Pessoa, Lisboa, Livraria Bertrand [1971], 1950.

Nicholls, Peter, *Modernisms: A Literary Guide*, California, University of California Press, 1995.

Pizarro, Jerónimo, Pessoa Existe? (Colecção: Ensaistica Pessoana), Lisboa, Ática, 2012.

262

Verde, Cesário, *Cânticos do Realismo e Outros Poemas — 32 Cartas* (Edição Teresa Sobral Cunha), Lisboa, Relógio D'Água, 2006.

Wilde, Oscar, *Plays, Prose, Writings and Poems*, New York, Everyman's Library, 1991.

〔관련 논문/저널/기고글〕

Almeida, Onésimo T., "Fernando Pessoa and Antero de Quental (with Shakespeare in between)", in *Portuguese Studies*, Pessoa: The Future of the Arcas, Vol. 24, No. 2, Maney Publishing, 2008.

Coelho, Jacinto do Prado, "Fragmentos Inéditos de Fernando Pessoa" in *Colóquio-Letras*, No. 8, Julho, Fundação Calouste Gulbenkian, 1972. http://coloquio.gulbenkian.pt/bib/sirius.exe/ issueContentDisplay?n=8&p=49&o=r

McHale, Brian, "Beginning to Think about Narrative in Poetry", in Narrative, The Ohio State University, Vol. 17, No. 1, January 2009, pp. 11–27.

Mendes, Victor J., "Introduction", in *Portuguese Literary & Cultural Studies* 3 Fall, University of Massachusetts Dartmouth, 1999.

Lourenço, Eduardo, "Fernando Pessoa or The Absolute Foreigner", translated by David Alan Prescott, in *The Journal of Literary Translation*, Vol. XXV, New York, Spring, 1991.

페르난두 페소아(1930년경)

감사의 말

김한민

　나의 둘도 없는 친구이자 동료로서 셀 수 없이 많은 부분에서
도움과 영감을 준, 존경하는 페소아 번역자이자 연구자인 리처드
제니스(Richard Zenith), 석사 시절 나의 번역 프로젝트를 지도해
준 포르투대학교의 로자 마리아 마르텔루(Rosa Maria Martelo) 교수,
페소아의 시대상을 이해하는 데 길잡이가 된 「오르페우 세대」
세미나를 이끈 작가이자 시인 페드루 에이라스(Pedro Eiras) 교수,
그리고 리카르두 레이스의 시 선정을 도와준 누누 아마두(Nuno
Amado) 박사에게 깊은 감사를 드린다.

　이명의 의미를 더 폭넓게 이해할 수 있도록 도와준
리스본인문대학교의 안토니우 페이저(António Feijó) 교수, 시 선정
방식을 검토해 준 로스안데스대학교의 제로니모 피사로(Jerónimo
Pizarro) 교수, '페소아의 집' 박물관도서관에서의 연구에 언제나
협조적이었던 테레사 몬테이루(Teresa Monteiro)와 주제 코헤이아(José
Correia) 학예사에게도 감사의 말을 전하고 싶다.

　번역과 관련한 나의 시시콜콜한 질문들에 인내심을 잃지
않고 친절히 답해 준 나의 친구들, 우고 미겔 페레이라(Hugo
Miguel Pereira), 줄리아나 세자르(Juliana Cesar), 두아르트 드루몽
브라가(Duarte Drumond Braga) 박사, 루벤 곤살베스(Rúben Gonçalves),
그리고 이네스 곤살베스(Inês Gonçalves)에게도 역시 무한한 감사의
마음을 보낸다.

　마지막으로, 한참 부족한 타과 제자에게 한결같은 신뢰와
격려를 보내 준 서울대학교의 김현균 교수, 그리고 페소아 번역의
첫 연결 고리가 되어 준 포르투갈 외무성의 파울루 로페스
그라사(Paulo Lopes Graça)에게도 진심 어린 감사의 말씀을 드린다.

세계시인선 24   시는 내가 홀로 있는 방식

1판 1쇄 펴냄 2018년 10월 5일
1판 12쇄 펴냄 2024년 3월 5일

지은이   페르난두 페소아
옮긴이   김한민
발행인   박근섭, 박상준
펴낸곳   (주)민음사

출판등록   1966. 5. 19. (제16-490호)
주소   서울시 강남구 도산대로1길 62
           강남출판문화센터 5층 (06027)
대표전화   02-515-2000   팩시밀리 02-515-2007

www.minumsa.com

ISBN 978-89-374-7524-5 (04800)
      978-89-374-7500-9 (세트)

* 잘못 만들어진 책은 구입처에서 교환해 드립니다.

세계시인선 목록